わたしのお殿さま

二、伊勢に棲む鬼

JN066653

鷹井 伶

角川文庫
24249

目次

主な登場人物

美禰《みね》　刀匠を継ぐべく、男として育てられた少女。

松平《まつだいら》**忠輝**《ただてる》　徳川《とくがわ》二代将軍秀忠《ひでただ》の弟。改易され、伊勢《いせ》に配流中。

月国《つきくに》　美禰の祖父。名刀匠だった。

おつか　美禰の大叔母《おおおば》（月国の妹）で母親代わり。

岩本《いわもと》**競兵衛**《きょうべえ》　忠輝の側近。

千夏《ちなつ》　美禰が知り合う海女《あま》。

和助《わすけ》　千夏の連れ合い。

九鬼《くき》**守隆**《もりたか》　志摩《しま》鳥羽《とば》藩の藩主。

堀之内《ほりのうち》**左馬之介**《さまのすけ》　守隆の義甥《ぎせい》。

三林《みつばやし》**成孝**《なりたか》　左馬之介の側近。

花菱屋《はなびしや》**徳兵衛**《とくべえ》　大湊《おおみなと》の廻船《かいせん》問屋。

柳生《やぎゅう》**宗矩**《むねのり》　将軍家剣術指南役。

柳生七郎《しちろう》　通称は十兵衛《じゅうべえ》。宗矩の嫡男。

草間《くさま》**新次郎**《しんじろう》　七郎の忠臣。

荘田《しょうだ》**喜左衛門**《きざえもん》　大和柳生の庄の重鎮。七郎を可愛がっている。

序

宿場のあちこちから、賑《にぎ》やかな音曲が聞こえている。

美しい唄声《うたごえ》に合わせて、手拍子や酔客が囃《はや》し立てる声までしてくると、部屋にじっとしているのがつまらなくて仕方がない。

初めて訪れる土地で、これまで口にしたことのなかった料理を味わい、地酒を振舞われると気持ちまで大きくなって、多少羽目を外してしまいたくなるのは、男も女も同じである。

叱られるかな。

ううん、ここは神さまがおわす伊勢《いせ》の町だもの。お参りをした身に危ないことなど起きるはずがない。それにほんのちょっと、宿の回りを歩くだけのことよ。

華やいだ雰囲気に誘われるように、娘はいつもなら決して一人では出歩かない夜の町に足を踏み出した。

ほんの少し潮の香《か》を含んだ風が心地よい。あの角の先、大きな提灯《ちょうちん》が見えるところまで行ったら引き返そう——。

と、娘が思ったその時であった。

突然、娘の目の前に黒い影が立ちふさがった。

助けを呼ぼうにも口を押さえられ、あっという間に暗い路地へと引きずり込まれる。

抗《あらが》おうにも鳩尾《みぞおち》を殴られてしまうと、娘の身体はまるで木偶《でく》人形のように力を失った。

その夜、娘の姿は伊勢の町から忽然《こつぜん》と消えた。

後に残ったのは、心配そうに娘の名を呼ぶ声だけであった……。

第一章　伊　勢

一

眩《まばゆ》い陽の光を受けて、美禰《みね》は思わず額の前に手をかざした。

抜けるような青空の下、キラキラと光る海が広がり、白く帆を上げた船が行き交っている。

奈良《なら》大峯山《おおみねさん》のふもとの森の奥から、この大海原が広がる伊勢に越してきて、はやふた月が過ぎようとしていた。

思えば、祖父の月国《つきくに》や大叔母《おおおば》のおつかと共にひっそりと、緑深い山里で刀造りに励んでいた頃には思いもしなかったことが、この一年足らずの間に、目まぐるしい勢いで起きている。

「……ええお天気」

と、美禰は呟《つぶや》いた。

美禰が鋒国《みねくに》という勇ましい男名前を授けられたのは、まだ幼い六歳のときのこと。亡き父の代わりに女人禁制の鍛冶場《かじば》に入ることになったのがきっかけだった。

祖父・月国は、日本刀の祖とされる「天国《あまくに》」の流れを汲《く》み、御所へも献上する名刀匠だった。その祖父が美禰を跡継ぎと定め、身なりも髪型も言葉遣いも全て男として過ごすことを強いた。

強いられたとはいえ、美禰自身はそれを当然だと受け止めていた。

常人とはとても思えないほどの集中力で刀を打つ祖父を敬愛していたし、何より、出来上がった刀の美しさに魅入られてもいた。

だからこそ、十年もの間、質素な筒袖《つつそで》の上衣《うわぎ》に袴《はかま》、髪は若衆髷《わかしゅまげ》という男姿で、毎日、炭切りで真っ黒になるのも厭《いと》わず、火花が散る中、鎚《つち》を握り続けた。

女であることがばれぬようにという祖父の命で、里の人ともほとんど交わらずにいても、不満を持つこともなかったのだ。

けれど、今は違う。

祖父は鍛冶場を畳み、一家は山から出て、海に近い伊勢に引っ越してきた。美禰も男のなりをやめ、小袖《こそで》を着て、女らしく髪も垂らし、本名の美禰を名乗っている。

それもこれも、美禰の目の前に、介《すけ》さまこと松平忠輝《まつだいらただてる》が現れたからだ。

忠輝は徳川《とくがわ》幕府を作った家康《いえやす》の六男にあたる。

かつては越後《えちご》高田《たかだ》七十五万石の藩主、大大名であったが、幼い頃から鬼っ子と呼ばれ疎んじられた不遇の殿でもあった。

忠輝は父家康の死後、わずか三ヵ月足らずで城地を全て召し上げられ、伊勢に流された。

その理由は、大坂《おおさか》の陣に於《お》いて味方と小競り合いを起こした、敵と積極的に戦わなかった、勝手に帰国したなどが挙げられたが、どれも家を取り潰《つぶ》すほどの大事とは思えなかった。しかも命じたのは腹違いとはいえ、兄の二代将軍徳川秀忠《ひでただ》であった。

忠輝の溢《あふ》れんばかりの才気に嫉妬《しっと》した秀忠は、自らの立場を危うくすると考え、まだ二十代半ばという若者に、この不遇の処置を命じたのだ。

伊勢の奥の院・朝熊《あさま》岳《だけ》金剛證寺《こんごうしょうじ》に預けられても、忠輝の自由奔放な性格が変わるはずもなく、また、抑え込めるものでもなかった。

流人のくせに思うままに出歩く忠輝は、美禰の住む里にもやってきた。

そして、忠輝は美禰の祖父・月国の打つ刀を所望した。

月国は霊刀を打つと言われ、朝廷からも幕府からも引く手あまたの名刀匠として活躍していた。だが、長年の無理がたたり、目と心の臓に病を抱え、満足のいく刀を打てなくなってきていた。

——鬼切丸《おにきりまる》よりも強い刀が欲しい。

かつて京《きょう》の都で渡辺綱《わたなべのつな》が鬼退治に用いたとされる鬼切丸。それを超える刀——。

この難題に応《こた》えるため、月国は最後の一振りを忠輝のために打つと決めた。

刀造りを見に来た忠輝は初め、美禰を女だとは思わず、「小童《こわっぱ》」と呼んでよくからかっていた。美禰は美禰でそんな忠輝に反発を感じながらも、折に触れて見せる優しさに心揺らぐ思いがしていた。

それが恋心へと変化したのは、いつからだったろう。

——己の道は己が決めてよいのだ。

美禰が本当は女で、今は祖父の命で男のなりをしていると知った忠輝からそう言われたときからかもしれない。

忠輝の言葉により、美禰は初めて自分の在り方を考えるようになった。

私は何をしたいのか。どういう道へ進みたいのか。

美禰は、自分の目の前には大海原のような途方もない広がりがあって、まだその浜辺に佇《たたず》むことすらしていなかったことに気付いたのだ。

若い娘として、恋も知らずただ刀を造る日々を送っていた自分、そこに不満はなかったはずなのに、忠輝の側にいたいという気持ちは日ごとに大きくなり、いつしか、美禰は自分の心が忠輝に向かって走り出すのを止められなくなっていた。

だが、忠輝は常に身内から命を狙われる悲しい運命を背負っていた。

母親違いとはいえ、血を分けた兄の将軍秀忠と柳生宗矩《やぎゅうむねのり》が差し向けた刺客は、忠輝のみならず、美禰たちにも襲いかかってきたのだ。

恐ろしく、身がすくむ出来事が続けざまに起きたが、美禰は負けたくはなかった。

――私が介さまをお守りします。

美禰は、思わずそう口走った自分自身に驚きつつ、介さまと共に生きていく道を選んだ。

祖父の月国はこの美禰の思いを汲み、孫娘を忠輝に託すと決め、忠輝に最後の一振りを献じた後、潔く刀鍛冶を辞めた。

そうして美禰たち家族は伊勢に引っ越してきたのだった。

伊勢の名は「日本書紀」や「古事記」にも登場するほど古い。

垂仁《すいにん》天皇の世に倭姫命《やまとひめのみこと》が五十鈴川上《いすずのかわうえ》に天照大神《あまてらすおおみかみ》の斎宮をたてたのが内宮のはじ

まり、雄略《ゆうりやく》天皇の世に豊受大神《とようけのおおかみ》を山田原《やまだのはら》に祀《まつ》ったのが外宮のはじまりとされ、伊勢《いせ》神宮《じんぐう》の門前町として栄えてきたのである。

美禰たちは、この伊勢の海の玄関口、大湊《おおみなと》を見下ろす丘に住まうことになった。大湊は伊勢湾の入り口に位置し、海の向こうは徳川家ゆかりの三河《みかわ》湾へと通じている。よく晴れた日には遠く富士《ふじ》の山影を拝むこともできる。

また、古《いにしえ》より東国と伊勢神宮とを結ぶ拠点であり、今も参拝客や奉納品を載せた船が行き交い、また同時に造船業も盛んにおこなわれており、堺《さかい》にも劣らぬ繁栄ぶりを誇っていた。

美禰の目から見ても、山の村とは比べようもなく賑《にぎ》やかで、いつも明るい声が飛び交っている。

気のせいか、生まれ育った山から見ていた空と、ここで見る空では、陽の光の眩《まぶ》しさはもちろんのこと、空の色まで抜けるような広がりを感じるほどだ。

「ああ、ほんまに、ええ天気や」

と、美禰の横でおつかも眩しそうに目を細めている。

二人はこの日、大湊まで買い出しに来ていた。

「それに、今日もえらい賑やかなこと」

大湊には船宿がひしめき、いつ来ても大きな市が立ち、海産物も豊富だ。

京大坂で暮らしたことのあるおつかも驚くほどに、市に立つ店の数も品数も山里とは桁違《けたちが》いで、まるで、毎日が祭りのようだ。

「うん、ほんまに」

「うんやのうて、はい」

おつかが渋い顔でたしなめた。今、おつかは美禰の言葉遣いを女らしく改めようと必死だ。わかっているが、ついつい前の癖が出てしまう。

「……ごめんなさい」

と、美禰は小さく肩をすくめたが、その間にもあちこちから賑やかな掛け声が飛んできて、気もそぞろになった。

「獲《と》れたての魚はいかがかのうぉ」

「山芋が安いよぉ、菜も美味《うま》いよ」

「おまけしておくから、買ってってって」

夕餉《ゆうげ》用にあれこれ食材を求めに来たのだが、それだけで帰ってしまうのはつまらない。どんな店があるのか見て回るだけでも楽しくてしようがない。

「おつかさん、あそこに髪飾りが」

愛らしい色とりどりの飾り細工が美禰を手招きしている。

「ほら、またそんな大股《おおまた》で。裾《すそ》が乱れてる」

少し油断をすると、おつかから叱責《しっせき》が飛んでくるが、これまで外を出歩くということがあまりなかった美禰にとっては珍しいものだらけで、おとなしくしろというほうが土台、無理な話なのだ。

女のなりは、初めこそ少し歩きにくく感じたが、今では走り回ることもできる。

「わぁ、綺麗《きれい》……」

「どれどれ、うん、よう似合《にお》てる」

おつかは美しい細工を施した櫛《くし》を美禰の髪にあてがいながら、うれしそうに微笑んだ。

おつかは元々、美禰が男装して刀鍛冶をするのを不憫《ふびん》がっていた。こうして娘らしくなったことを喜んでくれているのだ。

「……なぁ、また鬼が出たそうやで」

「えらいこっちゃなぁ。あの鬼っ子さまが来てから、ろくなことがない」

鬼っ子という言葉が聞こえてきて、美禰は声のする方へ顔を向けた。

この辺りの商人《あきんど》だろうか、中年の男が三人、渋い顔で腕を組み、噂話に花を咲かせている。

「ああ、聞いた、聞いた。伊勢参りに来とった娘やろ。まだ十六やっていうたかな。あれも鬼っ子さまの仕業か」

「よう知らんがな、姿が見えんようになって戻ってきたもんはおらんてことやしな」

「鬼っ子さまに食べられてしもうたんと違うか」

「おお、怖っ。そう言えば、よう寺を抜け出して山をうろうろしてるとか」

「九鬼《くき》の殿さまもえらい迷惑な話やで」

男たちの話に出てくる鬼っ子さまが忠輝を指しているのは明白だ。

「ひどい。迷惑って何よ」

と、思わず怒鳴りかけた美禰の袖《そで》を、おつかがぎゅっと握りしめた。

「あかん、やめとき」

「何で」

「何でもや」

と、おつかは美禰の手を引っ張ってその場を去ろうとしたが、美禰はそれを振り払うと男たちの前に一歩近づいた。

「介さまは鬼やない」

いきなり小娘にすごい形相で睨《にら》まれて、男たちはぎょっとした顔になった。

「……だ、誰や、この娘は。えらい怖い顔して、可愛い顔が台無しやで」

「ほんまや。……あのな、今、鬼には気をつけやという話をしてるんや。この辺にはおっそろしい鬼が出よってな」

「そやで、こ〜んな顔した鬼っ子が出てくる前に早《はよ》うお帰り」

男の一人が口を大きくあけて、手で目を吊《つ》り上げてみせた。

「あんたも喰《く》われるで、気ぃつけな」

「おいおい、そないに怖がらせてどうすんねん」

と、にやにやと笑う者もいる。

彼らの顔を見ていると、美禰はさらに腹が立ってきた。

「そやから、介さまは何も悪いことなんかしてない。だいたいそんな不細工違う。いい加減なこと言わんといて」

「……介さまって誰や」

「知らん」

男たちは顔を見合わせた。

「誰のことや」

「さっきからあんたらが悪口言うてたでしょ」

忠輝さまのことだと言い募ろうとした美禰だったが、おつかは強引に口をふさぐと、男たちに頭を下げた。

「えらいすいません。この子、もう変なことばっかり言うて。ほんま、早う帰らんと。失礼します。……ほら行くで」

と、おつかは美禰の腕をとり、引きずるようにして、その場を離れようとした。

「何で、何で謝るの」

「何でもや。いい加減にし」

「いやや、放してって」

まだ言い足りないことがあるといくら訴えても、おつかは強引に引っ張っていく。

少し離れたところで、ようやくおつかは立ち止まった。

「静かにしなさい。みっともない」

「けど、あのままやったら、介さまが悪者になってしまうでしょ」

憤ったままの美禰に、おつかは違うと首を振った。

「そやからと言うて、お前が出しゃばってどうするの。介さまにご迷惑がかかるだけや」

「迷惑って……」

「ええか、何を言うたところで、介さまが流人であることには変わりはない。ここらの人にとってはようわからん怖い人なんや。お前の言うことなんか、誰も真に受けてはくれへん」

　そんな風に諭されても美繭には納得がいかない。

　介さまが流人であっても善い人で、優しい人だということを何とかして他の人にもわかって欲しい。それを言うことがなぜいけないのか。

　ぎゅっと唇を嚙《か》んで返事をしない美繭に対して、おつかはさらにこう続けた。

「とはいえ、腹立つのはようわかる。わたしかて、言い返したい。けど、こんな賑《にぎ》やかな、誰が見ているかわからんところで、お前と介さまのことを話してどうなると思う。流人の身で女を囲うていると言われるのが関の山や。違うか？　ようよう考えてみ」

　そう言われて辺りを見渡すと、さきほどの男たち以外にも美繭たちを見て、こそこそと何か話している者がいる。

　鬼っ子にたぶらかされたんやろか、可哀想にという声も聞こえてきた。

　私のせいで、変な噂が立ったら……。

悔しいが、ここは我慢するしかなさそうだ。

「……わかりました。ごめんなさい」

不承不承だったが、頷《うなず》いた美禰を見て、おつかは慰めるように微笑んだ。

「さ、なんか甘いものでも買って帰ろ。遅うなったらあにさんが心配しはる。それに、介さまがいらしてるかもしれへんし」

留守の間に、忠輝が訪ねてきているかもと言われると、美禰は急に家に戻りたくなった。

少しでも近い場所へということで引っ越してきたのに、肝心の忠輝とはあまり会えずにいた。

伊勢神宮のお参りも一緒に行こうと言っていたのに、結局、月国とおつかとしか行けず、約束は果たされていない。

「留守してたら、介さまに失礼になる」

今度は美禰がおつかの手を引っ張るようにして、家路を急いだ。

美禰たちの住まいは伊勢神宮内宮の御手洗場として知られる五十鈴川からも近い。美しい川のせせらぎは、生まれ育った山の川にも似ていて、心落ち着き、山の家に比べれば小さいが、三人で暮らすには十分な広さもある。

美禰もおつかも月国もひと目見て、ここがいいと決めたのだ。

「ただいま戻りました」

「……おお、お帰り。えらい早かったな」

美禰たちが戻ると、月国は庭で焚《た》き火《び》をしているところであった。炎を見つめる眼差《まなざ》しは優しく穏やかで、これまで美禰が鍛冶場《かじば》で見ていたものとは大違いだ。

のんびりと余生を楽しんで欲しいと願いつつも、こうして背を丸め、炎の前に佇《たたず》む祖父の姿は妙に老け込んだようで、美禰には寂しくもあった。

「じじさまの好きなお餅《もち》、買ってきましたよ」

「そうか。ありがとう」

と応じてから、月国はいかにも不憫《ふびん》そうに美禰を見た。

「介さまやったら、おいではなしやで」

しかし、目が笑っている。美禰をからかおうとしているのは明らかだ。月国は時々、こういう意地悪をする。

「そんなん、訊《き》いてない」

思わずむっとした美禰に向かって、今度はおつかから厳しい声が飛んできた。

「じじさまに向かって、そんなぞんざいな言い方はない。それも言うなら、そんなことは」

「伺っておりません」

美禰は訂正される前にそう答えた。

「わかってるんやったら、最初からそう言いなさい。あにさんも意地悪言うてたら嫌われますよ」

「……おぉ、怖っ」

おつかに睨《にら》まれて、月国は大げさに首をすくめてみせた。

おどけた様子で美禰を和ませようとしてくれているのだ。そういうところも憎めない。

笑みを浮かべた美禰に向かって、月国は、今度は本当に慰めを言った。

「そやけど、ほんまに、そろそろおいでになってもええのにな」

「私よりじじさまの方が寂しそう」

と、美禰が茶化すように言うと、月国は大きく頷き、

「酒を飲ましてもらえるんは、介さまがいらしたときだけやからな」

と、おつかを恨めしそうに見た。

「また、そんなことを。介さまはお忙しいんですよ。今度おいでになるまでに、もう少しこの子を鍛えておかんと」

花嫁修業のつもりか、おつかは美禰へ礼儀作法を教え込もうと必死だ。

忠輝に相応《ふさわ》しい女性にならなければ、契りを交わすのも駄目だというのがおつかの考えで、美禰はまだ忠輝と褥《しとね》を共にしていない。

「もう十分やろ」

「いいえ、さっきも町の衆相手にえらい剣幕で。介さまのこととなると、ほんまに考えなしに」

と、おつかは月国に先ほどあったことを話してきかせた。

「……人さらいか。えらい物騒なことやな。けど、介殿に罪をなすりつけるとは許せんな。儂《わし》やったら、喧嘩《けんか》になってるなぁ」

「でしょ」

じじさまはよくおわかりだと、美禰はうれしくなった。

「けど、おつかが言うのももっともや。介殿のご迷惑になってはならん」

「はい」

と、美禰は素直に頷いた。

「それにしても、どないしてはるんかなぁ。ご様子伺いに参ろかな」

やはり月国も忠輝に会いたいのだ。

「だったら、私も」

「お前は駄目」

と、おつかが止めた。

「あにさんも途中でまた具合が悪うなったらどうするんです。それこそご迷惑というもの」

残念なことに、月国の心の臓はかなり弱っている。そんな身体で、山上にある金剛證寺まで登って行くのは確かにきつい。

「あかんか……」

やれやれと月国は肩をすくめた。ついでに肩を痛そうに回している。

「どこか痛いんですか？」

美禰がさすろうかと尋ねると、「いや、大丈夫」と笑ってみせる。

「あにさん、風呂《ふろ》の用意ができるまで、部屋で休んでてください」

「おぉ」

月国はおつかに小声で応じると、部屋に戻っていった。

「さてと、夕餉《ゆうげ》の支度をしようかね」

と、台所へ向かおうとするおつかに美禰はまだ食い下がった。

「ね、私がじじさまについて一緒に行くのは？　それやったらどう」

「駄目やというたら、駄目。女の方から訪ねるなど、はしたないことや」

京の公家《くげ》に奉公していたこともあるおつかは、訪ねるのは男で、女は待つものだと決めつけている。

「……そんなのどっちでもええのに」

不満を言ってみても、おつかは聞く耳を持ってはくれない。

「そんなことより、そうや」

と、良いことを思いついたと、おつかは目を輝かせた。

「歌がええわ。来て欲しいという思いを込めて、歌を書きなさい。あんた、歌集を読むのは好きやったでしょ」

いくら好きだと言っても、自分で歌を詠むなんてことはやったことがない。

「そんな難しいこと……無理やわ」

「作る前から諦《あきら》める人がありますかいな」

「けど……変なもの書いて嫌われたら、どうしたらええの」

「まぁ、それもそうやけど。お前が心を込めて書いたものを嫌いとはおっしゃらへんやろに」

おつかが言う通りだと思いながらも、美禰はやっぱり無理だと首をふってみせた。

「……本歌取りという手もあるけど、お前には余計に難しいやろし」

本歌取りとは、古典のよく知られた歌の言葉や趣向を取り入れて作歌することで、ただの物真似や盗作と一線を画すだけの高い技量が求められる。

「そしたら、昔の人が詠んだ歌の中から好きなのを選んで、それを書いたらいい」

「好きな歌……」

そう言われてもすぐに浮かんでくるものではない。

「例えば」

と、おつかは恋の歌を諳《そら》んじ始めた。

「いとせめて恋しき時はむばたまの夜の衣をかへしてぞ着る……これはな。私の好きな小野小町《おののこまち》の歌でな」

この歌をおつかは好んでいて、美禰はもう何度も聞かされていた。

「寝間着を裏返しに着たら。好きな人が夢に出てきてくれるって言うんでしょ」

「そう、昔からよう言うたものや」

昔の恋でも思い返してでもいるのか、おつかは懐かしそうに呟《つぶや》く。

「せめて夢でもいいからお会いしたい。……ふふ、ええ歌やわ」

水を差すようで悪いとは思ったが、自分の気持ちではないと美禰は首を振った。

「けど、私は夢でお会いしたいのとは違う」

「まぁ、そうか。それやったら、これは？　ありつつも君をば待たむうちなびくわが黒髪に霜の置くまでに……」

これは万葉集の中の歌で、磐姫《いわのひめ》皇后が仁徳《にんとく》天皇を想って詠んだとされる。恋しいあなたを待ちましょう。黒髪が白髪になるまでもという意味である。

「黒髪に霜の置くまでって、おばあさんになるまで待つなんて嫌や」

「うーん、そしたら、逢《あ》はむ日をその日と知らず常闇《とこやみ》にいづれの日まで吾恋《わが》ひ居らむ……とか」

これも万葉集で、いつ逢えるかわからなくても、無限の闇の中であっても、いつまでもあなたを恋しているという歌だが、どれも美禰の心情にはしっくりこなかった。

だいたい、恋しいとか愛《いと》しいとか、口にすること自体が恥ずかしくてならない。なのに、おつかはああでもない、こうでもないと続ける。

「でも、常闇は言い過ぎかな……それやったら、こんなんはどう？　恋しくば……」

「もうええって。そんな恥ずかしいもの、よう書かん」

とうとう、美禰はその場を逃げ出した。

二

この日、松平忠輝は、志摩鳥羽《しまとば》藩主九鬼守隆《もりたか》に呼ばれ、常安寺《じょうあんじ》に来ていた。常安寺は守隆が父の菩提《ぼだい》を弔うために創建した寺で、美禰たちがいた大湊からは南東におよそ三里（約十二キロ）の場所に位置する。九鬼家の居城である鳥羽城を見下ろす高台にあり、忠輝が世話になっている朝熊山金剛證寺からも近い。

「ようおいでになった。われが守隆じゃ。お顔を上げられよ」

平伏している忠輝に対して、開口一番、守隆は朗らかな声でそう名乗った。

「松平忠輝にございます。この度はこのような場を得て、恐悦に存じます」

忠輝は丁寧に応じてから顔を上げた。

かつての忠輝であれば、上座にあって守隆の挨拶《あいさつ》を受ける立場だったが、今は違う。ましてや守隆は忠輝よりも二十歳ほど年長だ。そうすることが礼儀だろう。

間近に見た守隆は日焼けした精悍《せいかん》な顔と衣服の上から見てもわかるほど鍛え上げた体軀《たいく》の持ち主であった。

「いやいや、城に来てもらいたいところだが、そうもいかぬようでな」

と、守隆はちらりと居並ぶ臣下たちに目をやった。

九鬼家は先代嘉隆《よしたか》の頃には織田《おだ》家の水軍として名を馳《は》せた勇猛果敢な家柄である。関ヶ原《せきがはら》では大坂方の西軍に与《くみ》した嘉隆に対し、息子の守隆は東軍、徳川家康側についた。これは別に親子喧嘩《げんか》をしたわけではなく、家の存続を第一に考えた結果であった。その功があって、守隆は志摩鳥羽藩五万六千石を安堵《あんど》され、今も幕府の船手役を担っている。

この場にいる臣下たちもほとんどが激しい戦いを経験してきたつわものらしく、忠輝は彼らから無遠慮な冷たい視線を向けられていた。

特に家老《かろう》だと名乗った市原《いちはら》は、嫌悪感をむき出しにしている。

流人と関わることは九鬼家のためにならない——。

彼がそう感じているのは明白だ。

関ヶ原で徳川についたとはいえ、秀忠が九鬼家を信じているかといえばそうとは限らない。昨年から比べると、幕府の監視はかなり緩やかになっているが、仮に忠輝に力添えをするなど、新たな火種になるようなことが起きれば、タダでは済まないと誰もが考えて当然であり、このような場を設けることについてもかなりの反対があったに違いない。

守隆もまた、まじまじと忠輝の顔を見つめてくる。

かなり無遠慮な視線だが、忠輝もその眼差《まなざ》しをしっかりと受け止め、見つめ返した。

やがて、守隆は「なるほど」と、満足そうに一つ頷《うなず》いた。

何がなるほどなのか、意味がわからず忠輝が少し戸惑っていると、守隆はさらにこう告げた。

「忠輝どのには、随分と昔に一度、お会いしたことがあってな」

「……さようで」

「ああ、とはいえ、遠目にお見かけしただけで、お顔はよう分らんかった。鬼っ子さまのお顔をゆっくりと拝見したいものだと残念に思うたものだった」

と、守隆は少し悪戯《いたずら》っぽく微笑む。

失礼な言い草ではあったが、忠輝は不思議に嫌な気がしなかった。

「で、どうでございますか」

と、問い返した忠輝に、守隆は少し答えを躊躇《ためら》う素振りをみせた。

「さて、どうかな」

「……殿、酒の用意が整ったようでございます」

そう声を発したのは、対面の段取りをした堀之内左馬之介《ほりのうちさまのすけ》である。

左馬之介は忠輝と同年代。ここにいる家臣の中では飛び抜けて若い。若いが守隆とは縁戚《えんせき》関係にあり信頼されていると、忠輝は聞いていた。

「うむ。では、一献傾けながら、しばしゆるりと話そう」

守隆は膳《ぜん》を運ばせると、末席に控えている忠輝の従者、岩本競兵衛《いわもときょうべえ》にも目をやった。

「そこの御付きの者も遠慮せずにな」

「はい。かたじけのう存じます。ではお言葉に甘えて」

と、忠輝は盃《さかずき》を手にし、競兵衛にも戴《いただ》くように目配《めくば》せをした。

「……伊勢の地はどうかな。不自由はないか」

「ええ。ご住職には大変ようしていただいております」

忠輝が世話になっている金剛證寺の住職有慶《ゆうけい》は、守隆の弟にあたる。

今回、この場を設けることになったのも、有慶を通じて忠輝の人柄に興味を抱いた守隆が切望したということだった。

「さようか。寺ではほかの僧と薪割《まきわ》りに興ずることもあると聞いたが」

「はい。静かに座禅をするよりは身体を動かす方が性に合っておりますから」

「それは儂《わし》もじゃ。有慶はあの通り学問好きだが、儂は海に出る方が性に合っておった」

「海はようございますな。泳ぐのも船に乗るのも好きでございます」

「さようか。それではやはり不自由であろう。寺から出られぬのは」

忠輝が隙さえあれば自由に山を駆けまわっていると知っているはずなのに、守隆は気の毒そうに言う。

「はぁ……まぁ」

嫌味なのか、それとも本心なのか、忠輝が計りかねていると、家老の市原が口を開いた。

「おとなしゅう過ごしていただかねば困りまする」

「さよう。勝手気ままに動くなど言語道断。あってはならぬこと」

と、別の者も苦々しそうに声を揃える。二人とも流人の身で自由が赦《ゆる》されるはずもないと言わんばかりの顔だ。

「そう堅いことを言うな」

と、守隆は一つため息を漏らし、さらに、こう呟《つぶや》いた。

「しかめっ面を見ていては酒が不味《まず》うなるわ」

守隆は「そうだ」と気を取り直したように頷き、忠輝を誘《いざな》った。

「のう、忠輝どの、少し外の風にあたろう」

「殿……」

すかさず、市原は声を上げた。なりませぬと首を横にしている。他の重臣たちも同じだ。

「庭を歩くだけじゃ。皆はついてくるな」

「殿……」

戸惑っている重臣たちをよそに、守隆はさっさと一人庭へ降りていく。忠輝もそれにならった。

「……すまぬ。嫌味に聞こえたなら許せ」

そう言って忠輝を見る守隆の顔には邪気は感じられない。

「いえ、出歩く私が悪いのですから。ご迷惑をおかけして申し訳ありませぬ」

と、忠輝は素直に謝った。

「うむ？　まさか、本当にそれほど出歩いているのか」

守隆は驚いた顔でまじまじと忠輝を見つめてきた。

「あ、いえ、その……」

「ハハハ、よいのだ。少しぐらいのこと」

守隆は、からかって悪かったというように笑った。まるで遊び好きの子供のような目をしている。穏やかな春風に吹かれているような不思議な心地がしてきた。

境内の見晴らしの良い場所まで来ると、守隆は立ち止まり、大きく伸びをした。

「儂はここからの景色が好きでな」

眼下には九鬼家の居城である鳥羽城、そして、大小さまざまな島が浮かぶ伊勢志摩の海が広がっている。

「あの大きな島が答志島《とうしじま》、右にあるのが菅島《すがしま》、その手前が坂手島《さかてじま》だ。いずれも趣があろう」

「……なんと美しい。城もまるで一つの島のようです」

忠輝は思わず感嘆の声を上げた。

鳥羽城は戦国最強と言われた水軍を有する九鬼家の城らしく、大手門が海に突出して築かれ、海と共にある天然の要塞《ようさい》であった。

「ああ、鳥羽の浮城と呼ぶ者もいる。わが父が造ったのだ」

守隆は誇らしげに答えた。

「そういえば、忠輝どのも城を築かれたのであったなぁ」

「はい」

と応じながら、忠輝は今や遥《はる》か彼方《かなた》の越後高田の城へ思いを巡らせた。

高田城は、東北地方の外様《とざま》大名の抑えとして、家康が築城を命じた天下普請の城である。陣頭指揮にあたった仙台《せんだい》の伊達《だて》政宗《まさむね》はじめ、米沢《よねざわ》の上杉景勝《うえすぎかげかつ》、松本《まつもと》の小笠原《おがさわら》秀政《ひでまさ》ら多くの大名がその財力を提供した。

忠輝にとって城持ちになるのは初めてではなかったが、一からの城づくりは何もかもが面白く、あの時の高揚感は忘れようがない。

菩提《ぼだい》ヶ《が》原《はら》という低湿地のため暗渠《あんきょ》排水に工夫を凝らし、二つの川を外堀に利用した。臣下たちや人足たちと汗だくになって共に過ごした。男たちの力強い掛け声、底抜けに明るい笑い声、苦労よりも楽しさが勝っていた。出来上がったばかりの櫓《やぐら》で嗅《か》いだ清々《すがすが》しい木の匂いは今も思い出せる。

あの築城からわずか二年で、国を追われ伊勢に流されるとは思いもしなかった。

ついこの前のような気もするし、遥か昔のようにも思える。

「……人の一生には思いも寄らぬことが起きるものよ。その時その時、最善として選んだ道であったとしても、それが報われるとは限らぬ」

まるで忠輝の心を読んだかのように、守隆は寂しそうに呟いた。

関ヶ原の戦のあと、守隆は家康に、敵方についた父嘉隆の助命を必死の思いで嘆願した。だが、嘉隆は赦しの知らせが届く前に、答志島で自刃して果ててしまった。家を守るため、そして息子の重荷になるまいという思いがあったに違いない。互いが互いを深く思いやり、最善を探ったとしても、悲劇を防ぐことはできなかったのだ。

その時のことを思い返しているのか、答志島を眺めながら、守隆はなおもこう続けた。

「それでも生きていかねばならぬ。誰か一人でも自分を信じてくれる者がいたなら、なおのこと」

「……胸に刻みまする」

忠輝が素直に頷《うなず》くと、守隆は気分を変えるように和らいだ声になった。

「儂はな、若い頃からあの海の向こうがどうなっているか、そればかりが気になってな。いつか必ず、行ってみせるとそう思っていた。齢《よわい》五十にならんとする今となっても、時折胸が騒ぐ」

「私も夢見たことがあります」

と、忠輝も海へ目をやった。

「異国の者たちと話し、まだ見ぬ世界があることを知るだけでも心が躍り、この身が空を翔《か》けていけるものならと……しかし……」

ぐっと拳《こぶし》を握りしめた忠輝に向かって、守隆は優しい眼差《まなざ》しを向けた。

「儂と違って忠輝どのはまだまだ若い。夢は捨てぬことだ。……それと、先ほどの答えだがな」

と、守隆が続けた。

「儂《わし》は幼き頃、我が父から九鬼の鬼になれと言われたことがある。無論、非道の者になれという意味ではない。鬼とは人智を超える異能の者。誰よりも先んじ、誰よりも強い。そういう者になれという意味だ。それゆえ、儂は鬼という響きが好きだ。憧《あこが》れすら抱いておった」

だから、鬼っ子さまの顔を見たかったのだと言いたげに、守隆は忠輝を見つめた。

「……私も、鬼っ子と呼ばれるのが嫌いではありませぬ。愉快ですらあります」

そう忠輝が応じると、守隆はうれしそうに頷いた。

「忠輝どのをひと目見て、そうだと思うた。そして、儂には、大御所さまも同じ思いでおっしゃったのではないかと思える」

その温かな眼差しはどこか父家康に似ている気がして、忠輝はいつになく、うれしい思いが込み上げてくるのを感じた。

「……殿、そろそろお戻りに」

その時、背後から控えめな声がかかった。声の主は堀之内左馬之介で、その少し後ろには競兵衛が案じた表情で待っているのも見えた。

「ああ」

と、守隆は左馬之介に頷いてから、忠輝に向き直り、左馬之介のことをこう紹介した。

「かつて熊野《くまの》水軍の堀之内といえば泣く子も黙ると言われたものなのだ」

「ほう、それは」

「もう昔のことでございましょう」

と、左馬之介が謙遜《けんそん》してみせた。

「この左馬之介の母は父の養女でな。いわばこいつは我が甥《おい》。我が息子はまだまだ幼く、頼りのうてな。この度の仕切りも左馬之介がいてくれて助かっている」

「はい。このような場を設けていただき、私も感謝しております」

　と、忠輝は応じた。

「いえいえ、畏《おそ》れ入りまする。……では殿、皆様お待ちで」

左馬之介はそう控えめに催促をして、頭を下げた。

「戻るとするか」

　と、守隆は忠輝を見た。

「一度、忠輝どのを我が船にお乗せしたいものだ」

「うれしいお言葉です。そうできればどれほど楽しいかと思いもしますが……お立場を悪うしたくはございません」

「うむ……」

　守隆は残念そうに小さく吐息を漏らしてから歩き出した。

　談笑しながら前を行く守隆と忠輝を見つめながら、左馬之介は小さくぎゅっと拳を握りしめた。

　何が泣く子も黙るだ――。

堀之内家はかつて九鬼家など足下にも及ばぬ紀州《きしゅう》熊野の豪族であった。熊野別当（本宮《ほんぐう》、新宮《しんぐう》、那智《なち》の紀州熊野三山を統轄管理した首長）として強大な力を誇り、熊野水軍の雄でもあったのだ。

関ケ原の折、豊臣《とよとみ》方の西軍についたばかりに改易の憂き目に遭ったが、左馬之介は捲土重来《けんどじゅうらい》を期して、大坂冬の陣夏の陣でも豊臣方についた。

結局これも裏目に出てしまったわけだが、そこで一つ幸いなことが起きた。落城の際、千姫《せんひめ》を連れて出るという役目を得たのだ。

正確に言えば、役目を受けたのは弟であり、大坂城外の徳川方に引き渡せという命令だったが、左馬之介は弟と共に行動し、千姫を徳川方に引き渡した後も城には戻らなかった。そのまま徳川本陣へ向かい、降伏したのである。

敗れたからといって豊臣と一緒に滅ぶなど、左馬之介には考えられなかった。命を惜しんだわけではない。左馬之介にはなさねばならぬことがあった。

堀之内の家にかつての栄光を取り戻す――。

そのために必要なことをしたのだ。

可愛い孫娘の千姫が無事に戻ったことで、家康は大いに喜び、左馬之介らを咎《とが》めることなく、褒賞を与えた。ただ、弟は秀忠の旗本に取り立てられたが、左馬之介は縁戚《えんせき》の九鬼家に頼るしかなかった。守隆は目をかけてくれてはいるが、それは自分の息子の役に立つと思っているからにすぎない。

今に見ていろ。いずれ九鬼家に取って代わり、幕府の水軍を束ねる立場になってみせる——。

従順なふりをしているのもそのためだ。左馬之介の中で、下剋上《げこくじょう》の世は終わっていない。野望を達成するためなら、何でもする覚悟だ。

その一つが、今回の忠輝との面談を滞りなく終わらせることであった。

金剛證寺の住職有慶から忠輝の噂を聞く度に、守隆が興味を示しているのはわかっていたし、その噂通りであれば、守隆が忠輝を好ましく思うだろうということもわかっていた。

「九鬼家を潰《つぶ》したいのであれば、鬼っ子どのを上手《うま》く使え」

そう左馬之介に告げたのは、柳生宗矩であった。

「鬼っ子……ああ、松平忠輝さまで」

「九鬼と鬼っ子、よい取り合わせであろう」

宗矩はそう言って、柔和な笑みを浮かべた。だが当然ながら、その目は笑っていなかった。

左馬之介はこれまで、幕閣に取り入るために、様々な手を尽くしてきていた。そのため、少々汚い手を使っても金銀を得て、賄賂《わいろ》として使って来た。中でも、特に取り入っていたのがこの柳生宗矩である。

柳生家は宗矩十五歳のときに領地没収され浪人になったが、その後、徳川家に仕官が叶《かな》った。今や将軍家御家流の師範として飛ぶ鳥を落とす勢いだ。

柳生が幕府の裏仕事を引き受けているという噂は絶えない。事実、宗矩が成りあがって来たのと比例するように、改易になった藩が増えていった。いずれも徳川にとって何らかの恐れを抱かせる藩だ。

日ノ本一の水軍を擁する九鬼家の動きを、幕府が注視しているのは事実で、何か事あれば改易にしようとするのではないかと囁《ささや》かれてもいた。

九鬼家の内情を知る自分は宗矩にとって、旨味《うま》のある存在になるに違いない――。

そう考えて幾度となく金品を贈り、ようやく密《ひそ》かに対面する機会を得たのだった。

「……堀之内の家を九鬼家の代わりにか」

「はい。そうなれば堀之内の水軍は、柳生さまのために身を粉にして働きましょう」

左馬之介の言葉に宗矩は苦笑を浮かべたが、その目は左馬之介ではなく、手の中にある茶碗《ちゃわん》に注がれていた。それは左馬之介が茶器好きの宗矩のために献じた織部《おりべ》の茶碗であった。よほど気に入ったのか舐《な》めるように愛《め》でている。

「柳生のためではなかろう。上さまのため、徳川さまのためじゃ」

「あっ……それはその柳生さまのために尽くせば、ひいては上さまのおんためになると、そう申し上げたかったので」

「いや、よい。その方の思いはようわかった」

宗矩はそう言ってから、ようやく茶碗から左馬之介へと目を転じた。そうして、鬼っ子を上手く使えと告げたのだった。

松平忠輝を改易にしただけでは飽き足らず、始末しろと言っているのだと、このとき、左馬之介は悟った。

「……必ずやご希望に沿うように致しまする」

左馬之介はそう答えて場を辞した。

あのときは難題を押し付けられたようにも感じていたが、先ほどからの二人の様子を見ていれば、簡単なことに思えてきた。

自らの手を汚すまでもない。忠輝と守隆両者を破滅させるには、双方を結び付けた上で、幕府転覆を企《たくら》んでいると噂を流せばよい——。

三

無事に守隆と忠輝の対面の場を仕切り終えた夜、左馬之介の姿は大湊にある廻船《かいせん》問屋花菱屋《はなびしや》にあった。

人目を忍ぶ頭巾《ずきん》姿の左馬之介の後ろには護衛が一人、三林成孝《みつばやしなりたか》が辺りに鋭い眼差《まなざ》しを送っていた。

「いらっしゃいまし」

左馬之介らを出迎えたのは花菱屋の主人徳兵衛《とくべえ》である。

「……ご首尾は？」

左馬之介を奥へと案内しながら、徳兵衛はそう尋ねた。

「うむ、まずまずだ。そっちはどうだ」

「だいぶ集まりましたので、次の船には間に合います。今回も高く売れることでございましょう。ご覧になりますか」

「うむ」

奥の庭にある蔵の前には屈強な男が二人、暇そうに番をしていた。

「和助《わすけ》」

徳兵衛が男の一人に声をかけた。かつて徳兵衛と同じく堀之内家に仕え、水軍の船頭をしていた男だ。

「あ、これは殿さま……」

和助と呼ばれた男は左馬之介を見ると慌てて立ち上がった。

右足を痛めているのか少し引きずりながら、それでも丁寧にお辞儀をしてから、蔵の鍵《かぎ》を開けた。

中には、海産物や茶器など、海外との取引のために集められた品が入っていたが、徳兵衛はそれらには目もくれず、奥の壁に掛けた能面へと歩み寄った。若い女を表す小面《こおもて》と呼ばれる面をずらすと、ちょうどいい具合の覗《のぞ》き穴が開いている。

「どうぞ」

と、徳兵衛は左馬之介に場所を譲った。

覗き穴からは奥の隠し部屋の様子がよく見える。

中には七人の女が肩を寄せ合うようにして座っていた。年頃はみな二十歳になるやならぬかの若い娘たちである。特に若く見える娘がしくしく泣きだし、一番年かさらしい娘が健気《けなげ》に慰め始めた。

「……いずれも上玉でございましょう」

「ああ、そうだな」

と、左馬之介は頷《うなず》き、覗き穴から目を離した。

みな、さらって来た女たちだ。

ルソンなど異国へ売れば高い利益を産む。危ない橋であることは百も承知だが、元手要らずで利益は大きい。こんな旨味のある商売が他にあるだろうか。

「役人の方は大丈夫でございましょうか」

能面を元に戻しながら、少し心配そうに徳兵衛が尋ねた。

かつて堀之内家の重臣であった徳兵衛は通常の交易だけではなく、こうした悪事を重ねることで富を得ていた。それもこれも、左馬之介の悲願達成のためである。

「心配はない。みな、鬼のしわざと思うておるわ。だが、そうだな。もう少し鬼っ子の仕業と触れ回ってくれてもよいかもしれぬ」

「かしこまりました」

「……苦労をかける。だがもう少しの我慢だ」

「苦労だなどと思うてはおりませぬ」

そう応じる徳兵衛に、左馬之介は満足そうな笑みを浮かべていた。

四

西日が射しこんで、辺りを朱《あか》く染め始めた。

「はぁ……」

筆を手に紙に向かいながら、美禰は大きくため息を漏らした。

おつかに言われるままに、介さまへの手紙を書いたが、筆の下手さ加減には自分でもあきれるばかりだった。それでも諦《あきら》めず何度も書き直してようやく出したし、今も手習いをしているのに、介さまは顔を見せに来てくれるどころか、返事さえくれない。

美しい夕焼け空が恨めしい。今日も会えないままに暮れてしまう。

「どんなお顔だったっけ……目はこんな感じで……眉《まゆ》はと」

文字を書くつもりが、気づいたら絵になっていく。

輪郭はなんとなく合っている気がするが、目も鼻も口もどうも上手《うま》く描けない。

「う～ん、なんか違う気がする……」

「それは何だ？　猿か熊か」

突然、耳元で愛《いと》しい忠輝の声がして、美禰は驚いて顔を上げた。

「介さまっ」

「なんだ。なんて顔をするのだ。そんなに驚くことか」

と、忠輝は美禰のおでこをチョンと指でついた。

「だって、急に」

「来てはいけなかったか」

忠輝の問いに美禰は慌てて首を振った。

「おつかさんと爺《じい》さんは留守か」

「いえ、裏庭に畑を作るとそう言って……」

「誰が爺さんですと？」

と、後ろから声がかかった。振り返ると、裏庭から月国が戻ったところだった。

「耳だけは良い爺さんだなぁ」

と、忠輝が笑った。

「『だけは』は余分でございますよ」

わざと怒った顔をしてみせた月国に、忠輝は微笑んで応《こた》えた。

「……口も達者だ。元気そうだな」

「ええ、介殿も」

月国もうれしそうに笑う。そのとき、おつかも顔を見せた。

「あらら、介さま、ようお越しを」

「おつかさんも元気そうだ」

「ええ、おかげさまで。……あら、何もお出ししてないの？」

おつかに指摘されて、美禰はそのとき初めて何もせず忠輝の顔を見つめていたことに気付いた。

「もうぉ、この子ったら、気の利かない」

「すみません、すぐお茶の支度を」

と、美禰は慌てて腰を上げた。

「別によい。それにどうせすぐに」

「すぐにお帰りになるおつもりですか」

美禰が食いつくように口を挟んだので、忠輝は苦笑いを浮かべた。

「すぐに飯だろうと言おうとしたのだ。違うか」

「あ……」

すみませんと美禰が肩をすくめ、おつかは慌てず黙ってなさいというように小さく睨《にら》んだ。それを見て、忠輝は愉快そうに笑った。

「そうだ。おつかさん、酒と肴《さかな》は競兵衛に買いに行かせた。もう来る頃だ」

「まぁ、いつもすみません。介さま、今日はゆっくりしていってくださいましね」

「ああ」

その夜は競兵衛が買ってきてくれた魚や貝を鍋《なべ》にして、久々に楽しい夕餉《ゆうげ》となった。

「中々、来ることができず、すまなかったな」

「……いえ、そんな」

美禰が殊勝に首を振っているのに、月国が要らぬ口を開いた。

「こいつは介殿に嫌われたのではないかと心配を」

「じじさまっ」

慌てる美禰をよそに、忠輝は笑いながら、

「だからあんな文を寄越《よこ》したのか」

「ほぉ、どんな文を。歌でも送りましたか」

と、月国が調子に乗った。

「いやいや、歌ではない」

「あら、歌を書いて送ったのではないのですか」

と、おつかも問いかけた。

「どの歌を選んだのか、どうしても教えてくれなかったのですよ」

「あれは……歌ではない。なぁ」

と、自分を見てくる忠輝に向かって、美禰はそれ以上言ってくれるなと必死に目で訴えた。

「ではなんと書かれていたので？」

と、月国はなおも訊《き》こうとする。美禰の困り顔を見て楽しんでいるのだ。

「じじさまっ」

「ただ会いたいと。それだけだ、な」

美禰は小さく頷《うなず》いた。確かに間違ってはいないが、実際、送った文は「お会いしたい。会いに来てください……お会いしたいのです」という具合に、何度も同じことを書き連ねたものだった。

「まぁ、素気ないこと」

と、おつかが応じた。

「素気ないといえばそうだが、気持ちはよう伝わって来た」

と、忠輝は庇《かば》ってくれたが、その同じ口で、こうも言った。

「お前が会いたいと思うてくれるのはうれしいが、私のことばかり考えていてはいけない」

「えっ……」

「美禰はまだ若い。いろいろな世界を見て欲しいのだ」

「いろいろな世界……」

戸惑った声を上げた美禰に向かって、おつかが諭すようにこう言った。

「見聞を広げなさいということや」

忠輝は頷いてから、さらに悪戯《いたずら》っぽい顔でこう続けた。

「筆も文もまだまだだしな。もう少し風情があっても良かったな」

「風情？」

「ああ、おなごなら、恋の歌の一つや二つくれてもよいものだ」

そら見たことかとおつかが口を挟んだ。

「あいすみません。次はもう少し頑張らせますから」

「ほう、それは楽しみな」

忠輝は期待していると微笑んだが、美禰は無理だと首を振った。

「やめてください。無理です。私に歌など詠めません」

「そう言うな」

「そうおっしゃるなら、介さまが先にお歌をください」

「おっ、言ったな。では今度送ってやろう。その代わり、私の歌には必ず返事をくれねばならぬぞ。いいか」

困らせてやろうと思ったのに、忠輝は愉快そうにそう言ってくる。

「……介さまはお歌を詠まれるのですか」

「自分で詠むのは苦手だが、相聞歌なら幾つか知っている。筆もなかなかなものだ、なぁ」

と、話を振られた競兵衛は澄ました顔でこう答えた。

「はい。殿はお顔に似合わぬ優しい字をお書きです」

「おい、顔に似合わぬはないだろう」

「では何と言えば」

「お前なぁ」

楽しそうに言い合う忠輝と競兵衛を見て、おつかも月国も笑っている。

だが、美禰は少々複雑な思いがしてきていた。

相聞歌とは親しい仲の者が互いに情を交わす歌のことだ。まれに兄弟、友人、親子の間でも交わされるが、たいていは恋人や夫婦が恋慕の情を伝え合うものだ。

介さまはこれまでどんな方と歌を交わしてきたのだろう――。

忠輝は美禰より九つ年上だ。流人となる前は高田藩主であり、伊達家の姫を妻に娶《めと》っていたことも聞いていた。だが、今の今まで、美禰はそのことを全く失念していた自分に気付いた。

介さまには恋の歌を交わしたお相手がいる。

そう言えば、あの夜……。

初めて忠輝の笛を聴いた夜のことを、美禰は不意に思い出した。なんとも悲しげな笛の音に誘われて、川辺に降りていくと、そこに忠輝がいて笛を奏でていた。

あのとき、忠輝が流していた涙は誰のためのものなのか。今でもその方を愛《いと》おしく思っていらっしゃるのだろうか――。

今こうして和やかに鍋をつつき合っていても、美禰は忠輝のことをまだ何一つ知らないのだと悟った。心は通じ合えている――そう思ってはいるが、抱き合った男女の情愛というものはまだ想像するしかない。

胸がかきむしられるような苛立《いらだ》ちと荒れ野に一人置き去りにされたような寂しさが同時に襲ってくる。

「……どうしたの？」

黙りこくってしまった美禰に、おつかが声をかけた。

「いえ、何も。……お茶を淹《い》れて参ります」

そう言い置いて、美禰は席を立った。このまま忠輝の側にいると要らぬことを口走りそうな気がする。少し頭を冷やしたかった。

台所で茶の支度をしていると、競兵衛がこちらに来るのが見えた。

「何か？」

「いえ、水を戴《いただ》こうかと」

「すぐお入れいたします」

水瓶《みずがめ》から柄杓《ひしゃく》で水を汲《く》んで渡すと、競兵衛は「かたじけない」と受け取り、美味《おい》しそうに飲み干した。

「……あのぉ、競兵衛さま」

「はい。何か」

と、競兵衛は姿勢を正して、美禰を見た。

競兵衛は美禰に対してもいつも礼儀正しい。

年下の身分の低い娘だと軽く見ることは一切ない。忠輝の想い人だから当然という見方もあるかもしれないが、競兵衛は誰に対しても穏やかで、きちんと目を見て話そうとする。誠実な人柄なのだ。

それがわかっていても、美禰は恐る恐るこう切り出した。

「一つお伺いしてもよろしいですか」

「はい。何なりと」

「介さまの……介さまの奥方さまはどのようなお方でしたか」

「気になりますか」

「少し……」

美禰が頷くと、競兵衛は一つ頷いてから答えた。

「五郎八《いろは》さまは、凜《りん》とした佇《たたず》まいのお方です。なんといっても、あの伊達政宗公の姫ですから」

五郎八という名なのだ。そのとき、美禰は初めてその方の名を知った。

「殿が十六、いや十五の冬にお輿《こし》入れになられました。確か殿とはお二つ違いであったかと」

　ということは、十年近く一緒にいたということになる。

「……お歌は詠まれた？」

「そうですね、京でお育ちでしたので、雅《みやび》なことがよく身に付いたお方でした。なんとも風情のある言葉をお使いになるのがお上手で、歌遊びもお好きでしたなぁ」

と、競兵衛は思い起こしているのか、少し懐かしそうな目になった。

「もう少し風情があっても良かったな」と言った忠輝の顔が浮かんでくる。

「……お美しい方？」

「ええ、それはもう。お子はできませんでしたが、殿とは仲睦《なかむつ》まじく……」

　言い過ぎたかと口ごもった競兵衛に、美禰は微笑んでみせた。

「いいえ、いいのです。そういうお方がいらしたと、わかってはいるので。介さまは五郎八さまのことを大切にしていらしたのですよね」

「ええ、それはもう。殿はお優しい方ですから」

　と答えてから、競兵衛は美禰を真正面から見つめ直した。

「……美禰どの」

「はい」

「殿は、奥方さまとは既に離縁なさっておいでです。罪人となった自分と関わることはならぬとそう仰せになって、仙台にお返しになったのです」

競兵衛は柔らかな笑みを浮かべながら、さらにこう続けた。

「私は……今の殿には美禰どのの明るさが必要なのだと思っております」

「……はい」

美禰が頷《うなず》いたのを見て、競兵衛は一礼し、部屋へと戻っていった。

頷いたものの、美禰の心は重かった。

仲睦まじかった介さまとどんな想いで別れたのだろう。関わるなと言われて、仙台に返されるなんて——。

美禰の頭の中で五郎八のことがさらに大きくなっていた。

五

忠輝の正室だった五郎八は、離縁されて伊達政宗の治める仙台藩に戻ってから、城近くに屋敷を貰《もら》い、そこにひっそりと住んでいた。

「欲しいもの、行きたい場所があれば何なりと申せ」

父政宗はそう言って、五郎八を気遣ってくれたが、行きたいといくら思っても、伊勢に行けるわけでなく、食べたいものや欲しいものが特にあるわけでもなかった。

実は京で生まれ育った五郎八にとって、仙台はなじみ深い場所とはいえない。

ここへきてしばらくは、家臣たちが話す言葉にも食べ物の味にもなかなか慣れなかった。

せめてこの身が京大坂にあれば、殿と逢《あ》えることもあったかもしれないのに――。

不自由がないようにと、どれほど父や弟たちが気遣ってくれたとしても、不慣れな場所に置き去りにされたようで、寂しさともどかしさが交互に襲ってきては、隠れて泣いてばかりいたのだ。

五郎八はいつものように、硯《すずり》に向かい墨を磨《す》り始めた。墨の香りは苛立つ心を落ち着かせてくれるからだ。

紙を広げ、筆に墨を含ませた。

『君が行く道の長手を繰り畳《たた》ね　焼き滅ぼさむ天《あめ》の火もがも』

一息に書き上げてから、五郎八は筆を置いた。

これは、万葉集の中で、流刑にされる夫（中臣宅守《なかとみのやかもり》）に向けて妻（狭野弟上娘子《さののおとがみのおとめ》）が詠んだ歌だ。

これからあなたが行く長い長い道を手繰り寄せ、焼き払ってしまう天の火があればよいのに……。

仙台に戻されたあの日、伊勢に流されていく忠輝を想ってこの歌を書いた。切支丹《キリシタン》の教えを信じる身にとって、天の火で焼き払いたいなど畏《おそ》れ多い歌ではあるが、それでも書かずにはいられなかった。書きながら涙がとめどなく流れ、文字は滲《にじ》んで読めなくなった。

一年近く経った今でも、涙は涸《か》れていない。いや、それどころか、想いは募るばかりだ。

「どうか新たな伴侶《はんりょ》を得て、幸せになって欲しい」

離縁の際、忠輝からそう告げられたが、五郎八は即座にこう答えた。

「私にとって、添うべきお方は殿だけです」

今もその気持ちに一片の揺らぎもない。

死ぬまで、いや死んでも忠輝の妻でありたい――そう願っている。

ありがたいことに、その思いを父政宗もわかってくれている。

縁談が持ち込まれることもあるようだが、今のところは無理強いすることなく、断ってくれている。

ただ父からは忠輝ともう関わってはいけないと釘《くぎ》を刺された。藩を守るための言葉だと頭では理解できたが、心はそうはいかない。将軍家に恩赦を願い出て下さればよいのにとか、あれほど可愛がっていた忠輝のことを見捨ててしまわれたのかとか、恨みたくなったこともあった。

どうしても思いを届けたくて、文を書いて密《ひそ》かに伊勢に行く者へ託した。しかし、それに対して忠輝からの文はなかった。ただ、「関わるな。私のことは忘れてよい。危ないことをしてはならぬ」という伝言が戻って来た。

殿はもう、私のことを忘れたいと思っておられるのか——。

天にあれば比翼の鳥、地にあれば連理の枝と慕っているのは私だけか——。

そんな考えが頭をよぎり、身を斬られるような痛みに苛《さいな》まれもしたが、その度、忠輝と過ごした楽しい日々が思い起こされた。

そして今、五郎八はこう思うようにしている。

たとえ生涯離れ離れであったとしても、この想いを捨て去ることなどできようか。殿がお忘れになるならそれでも構わない。私の想いは私だけのもの——。

五郎八は再び筆に墨を含ませた。

『天地《あめつち》の底ひの裏に我《あ》がごとく　君に恋ふらむ人はさねあらじ』

この広い天地のどこを探しても、私のようにあなたを恋慕う人はけっしておりません。

これもさきほどと同じく狭野弟上娘子が詠んだ歌だ。

五郎八は書き上げた歌を見つめ、想いを新たにするように小さく頷いていた。

第二章　初めての友

一

さっきから美禰の姿が見えない。

掃除と洗濯が終わったので、衣の修繕をさせてから、その後は和歌、合間に料理作りとやらなければいけないことは山のようにある。おつかは少し苛立《いらだ》ちながら美禰を捜していた。

「美禰、どこにおるの？　返事なさい」

そう広くはない家だ。聞こえないはずはない。

「……まさか、昼寝でもしてるんか」

と言いながら、おつかは美禰の部屋を開けた。

だが、そこにも美禰の姿はなく、朝着ていた小袖《こそで》が綺麗《きれい》に畳まれてあるだけだった。手に取ってみると、まだ少しほんのりと温《ぬく》もりが感じられる。

「どういうこと……」

風呂《ふろ》にはまだ早いし、ここではもう滝行をする必要もない。

首を傾げ立ち上がると、おつかは、今度は裏庭にいるはずの月国の元へ急いだ。

最近の月国は、裏庭を耕すのに夢中だが、今日は疲れたのか、縁側でうつらうつらと舟をこいでいる。

伊勢へ来てからすっかり老け込んでしまった気がする。刀鍛冶《かたなかじ》をやめてしまったことが本当に良かったのか、少し気になる。といって、病を抱えた月国一人を鍛冶小屋に置いてくることなどできなかったし、月国もまた伊勢へ来ることを選んだのだ。

「もう、風邪ひきますよ、こんなとこで」

おつかが小言を言いつつ上着を持ってきて着せかけると、月国は薄目を開けた。

「……うん、何や」

「風邪をひきますよ」

「う〜ん、すまんな」

「ねぇあにさん、美禰を知らん？　何かお使いでも頼んだ？」

「いや、おらんのか」

「ええ、さっきから捜してるのやけど、どこにもおらんのよ。おかしなことに着物も脱いで」

訳がわからないという顔のおつかを見て、月国はやれやれと苦笑いを浮かべた。

「そりゃ、逃げたんやな」

「はぁん？　逃げた？　何で？」

「何でって、お前さんがあんまり口うるそう言うからに決まっとる」

「口うるさいって、いつ？　いったい何を？　私がどない言うたと言うんです」

心外だとばかりにおつかは言い募った。

「そやから、それや。伊勢に来てからというもの、あれはいけない、これはやめろ、女らしゅうしろ、と、小言ばっかり言われてたら、逃げとうもなる」

「それはあの子のためを思うてのことで。だいたい、あにさんが男のなりで育てるからこんな大変なことに」

誰のせいかとおつかはむっとした顔になった。

「ああ、またそれを言う……すまん、ああすまん、すまん」

と、月国はおつかに手を合わせて拝んでみせた。

「もうええですけど。それにしてもどこに行ったんでしょ。まさか介さまのところ？」

「いやぁ、そうやないやろ。着物を脱いだということは、きっと男のなりにでもなって、その辺ぶらつきたいんや」

「まさか……」と疑いながらも、おつかは美禰の部屋に戻った。

部屋の隅に置いてある葛籠《つづら》を開けて確かめて見ると、月国が言うように、以前着ていた男物の衣の上下一式が消えている。

「もう、あの子ったら」

「ほらやっぱりな」

いつの間についてきたか、後ろから月国が言った。

「あにさんは心配やないんですか」

「いや、女のなりでウロウロするほうが危ない」

「それはそうかもしれんけど、守刀は持っていってませんよ」

と、おつかは葛籠の中から、金襴《きんらん》の袋を取り出した。中には月国が美禰のために打った懐剣が入ったままだ。

「そない遠くには行かへんということやろ。大丈夫や。気が済んだら、帰ってきよる。……ええか。あんまりきつうに叱ったらいかんぞ」

と、月国はおつかの肩をポンと叩《たた》いた。

「わかってますよ」

やれやれとおつかはため息をついた。


その頃、美禰は月国の推測通り、久々の男姿に身を変えて、伊勢の町をうろついていた。髪はひっつめ、粗末な筒袖の上衣《うわぎ》に簡単な袴《はかま》、草鞋《わらじ》というこの姿が、やはり一番落ち着く。

それにこの姿なら、走り回っても誰も気に留めない。

市を冷やかした後、美禰は海岸へ足を延ばした。

山育ちのせいか、海が珍しくてしようがない。寄せては返す波を間近で感じたかったのだ。しかし、おつかさんといると、危ないとか、はしたないとか言って、許してくれなかった。この恰好《かっこう》ならば砂浜はもちろん、岩場を歩いても平気だ。

海を目指して坂道を下りていくと、広々とした浜が現れた。大小さまざまな岩が海から顔を出している。

遠くへ目を転じると、大海原の中、帆を揚げて船が沖を行き来しているのが見える。さらにその向こう、空と繋《つな》がった水平線が続いている。

あの船はどこまで行くのだろうか。

もっと船を見たくて、美禰は袴をたくし上げると、浜から岩礁へと進み出た。濡《ぬ》れた岩は滑りやすいが、美禰はぴょんぴょんと身軽に歩を進めた。やはりこの恰好は歩きやすい。

風にあおられて足下で波が飛沫《しぶき》を上げている。穏やかな海に思えるのに、潮風は思ったよりも強いようだ。

「うわっ」

ひときわ大きな波が押し寄せてきて頭から飛沫を浴びてしまったが、それはそれで楽しく愉快だ。

そのとき、後ろから何か人の声が聞こえた気がした。

振り返ると、地元の者だろうか、浜辺で若い女が手を振り何かを叫んでいるのが見えた。思いのほか、浜から離れてしまったようだ。

「は～い」

なんだかよくわからなかったが、美禰は手を振って女に応《こた》えた。女はさらに一所懸命手を振っている。美禰は彼女が応えてくれているようで、うれしくなった。

「いい所ですね～」

と、声を出した次の瞬間、大変なことが起きた。

足を滑らせ、海に落ちてしまったのだ。すぐ底だと思ったのに、足が着かず、美禰は慌てて必死に手足をばたつかせた。それでなんとか波から頭を出すことはできたが、岩場は滑り、手をかけても登ることができない。

さらに何度も波は押し寄せ、さらわれそうになった。

「た、助けて……誰か……」

焦って口を開けば海水が口に入ってきて息ができない。それでも必死に泳ごうとしたが、激しい波はそれも許してくれない。

もがけばもがくほどに、身体は動かなくなり、まるで何者かによって、引きずり込まれていくように海の底へと落ちていく。

息が詰まり、目の前が真っ暗になっていく。

「……介さま……」

忠輝の名を呼んだ次の刹那《せつな》、美禰は気を失っていた。

パチパチと火が爆《は》ぜる音がしている。

目を覚ました美禰が最初に目にしたのは、焚《た》き火《び》の炎だった。

板張りの壁が見える。どうやら小屋の中らしい。中央に石組みの簡単な囲炉裏があり、その横の茣蓙《ござ》に寝かされていたようだ。

「……あっ」

起き上がろうとした次の瞬間、美禰は思わず息をのみ、胸を手で覆った。衣を脱いだ半裸の自分に気付いたからだ。

「あぁ、良かった。気ぃついた？」

と、見知らぬ若い娘が美禰を覗《のぞ》き込んだ。

「もう大丈夫そうやね」

美禰より少し年上か、土地の女だろうか。女は胸もあらわな短い腰巻姿だ。

「あ、あのぉ……」

「じき、あんたの衣も乾くわ」

女は焚き火の側に干した衣を手で確認しながらそう言った。美禰の袴と小袖《こそで》だ。

あ、そうか。海に落ちたのをこの人が助けてくれたのか。

「あ、あのぉ……」

「覚えてるか？　行ったらあかんて言うてるのに、どんどん先まで行ってからに」

海に落ちる寸前、声をかけてきたのは、この人だったのか。

「すみません、私、何も知らなくて」

「ほんまやで。あそこは深いねん。素人が潜る所やないのに」

ぶちぶちっと文句を言いつつ、女は美禰に茶碗《ちゃわん》を渡した。

「これでも飲み。あったまるから」

言いつつ、女は自分も別の茶碗をすすってみせる。それから女は傍らに眠る幼な子に目をやった。三歳ぐらいの子だ。よく眠っている。

一礼して受け取った美禰だが飲むのを躊躇《ためら》った。水ではない。酒のようだ。

「どぶろく。飲めるでしょ」

美禰が尋ねる前に女はそう言って、また自分のを飲み、旨《うま》そうに喉《のど》をならした。

「は、はい……」

一口含むと、少し甘い香りがした。美禰が飲んだのを見て、女は満足そうに微笑んだ。

「あの……ありがとうございました」

もう少しで溺《おぼ》れて死んでいたかもしれない。美禰は女に頭を下げた。

「もう、びっくりしたわ。あんたもしかして泳がれへんかったん？」

「いえ、ただ海は初めてで……」

「この辺りの人とは違うよね？　あんた名前は？　うちは千夏《ちなつ》」

と、女は名乗った。

「美禰です」

「歳は？　うちは十九」

「十七です」

「二つ下か。ほな、お美禰ちゃんて呼んでもええ？」

美禰が頷《うなず》くと、千夏はうれしそうに笑った。

「なぁ、お美禰ちゃん、どこから来たん？　なんで男の恰好してんの？」

千夏は矢継ぎ早に尋ねてきた。

「あぁ、勝手に脱がせてごめんな。けど、火であぶった方が早《はよ》う乾くし」

衣を脱がせて女であることに気付いてびっくりしたようだ。

「いえ、いいんです。男の恰好しているのは鍛冶場《かじば》で働いていたので……」

「そんな他人行儀な話し方せんと」

千夏はもっとざっくばらんに話して欲しいという。

美禰は頷き、昨年まで山里で刀鍛冶をして暮らしていたことを話した。

「……じじさまももう歳なんで、こっちで暮らそうかということになって」

なぜ伊勢に出てきたかはぼかした。

「へぇ、刀鍛治。すごいなぁ」

「千夏さんはここの？」

「ああ、うち？　うちは海女《あま》なんよ。知ってる？　海女」

「海に潜って、魚や貝を採る……」

「うん。そう。……うちは代々続く網元でな。大きな船を持ってて、うちは稼ぎに出ることもないんやけど、働くんが好きやし、潜るのもな」

千夏は網元のお嬢さんらしい。だが、偉そうにしていないので好感を持てる。

「うちは、これでもこの辺りでは一番の稼ぎ手なんや」

と、千夏は少し自慢げに笑った。爽《さわ》やかなよい笑顔だ。

「あ、そろそろ乾いたみたい」

と、千夏は美禰に衣を取ってくれた。

歳はさほど変わらないのに、母親のように甲斐甲斐《かいがい》しく世話を焼いてくれる女である。

美禰が着替えている間も、千夏は話を続けた。

「ここはうちらの海女小屋なんや」

「あぁ、それで」

と、美禰は小屋の中にある笊《ざる》や桶《おけ》、網に目をやった。

どれも漁に使うのだろう。先端に鋭い鉤《かぎ》のついた道具もあった。

「あれは？」

「あぁ、これ」

と、千夏は鉤のついた道具を手にした。

「鮑《あわび》起こし、って言うてな。こうひっかけて鮑を採るんや」

千夏は鮑を採る真似をしてから、美禰に道具を渡した。

「へぇ……」

柄は握りやすい大きさに工夫されている。美禰は感心して道具を見ていたが、柄に五芒星《ごぼうせい》が刻まれているのに気付いた。

「これは」

五芒星かと問う前に千夏がこう答えた。

「ああ、それはセーマンや。まぁ、魔除《まよ》けやな」

「セーマン……」

五芒星は別名安倍晴明《あべのせいめい》判紋と呼ばれる。陰陽師《おんみょうじ》の安倍晴明が魔除けとして描いたもので、互いに交差する五本の線で構成され、中央に五角形を描く。一筆書きでできているので、どこからも魔物が入る余地がないとされる。

美禰は、陰陽師について祖父の月国から幾度となく聞かされていたので、馴染《なじ》みがあった。五芒星が晴明判紋と呼ばれることもよく知っていた。

晴明判紋が転じて、セーマンと呼ばれているのかもしれないと美禰は思った。

「それで、こっちはドーマン」

と、千夏は格子が縫い取りされた鉢巻きを広げた。

格子状の模様のことをドーマンと言うらしい。さらに、その横には五芒星も同じく縫い取りされてあった。

セーマンが安倍晴明から来ているのであれば、ドーマンは蘆屋《あしや》道満《どうまん》のことかもしれない。道満も平安《へいあん》の昔、陰陽師として活躍した人物だ。

「セーマンドーマンを身に着けておいたら、トモカヅキに会わへんて言われてる」

「トモカヅキって何？」

「幽霊……化け物みたいなもん。欲をかいて大きな鮑を狙って潜っていくと、抱きつかれて、海の底に引っ張り込まれる。昔からそう言われてるんや。さっき岩場もトモカヅキがよう出るって言われてるとこなんよ。そやからうちらもあんまり近づかんの」

「……そう」

美禰は恐ろしさに身を縮めた。あのとき足が引きずりこまれるように思ったのはその化け物に摑《つか》まりかけたということかもしれない。

と、そのとき、千夏の横で寝ていた子がむずかるように小さな声を上げた。

千夏はあやすように子の頭を撫《な》でた。

「お子さん？」

「ああ、まぁね」

と、千夏は曖昧《あいまい》な笑顔を浮かべてから、こう続けた。

「……この子のほんまのお母ちゃんはうちの幼馴染《おさななじみ》でな。トモカヅキに連れていかれてしもたんよ。お父ちゃんもおらんようになって、そやからうちで育てることにした」

両親を失った子を千夏が引き取ったということのようだ。

「うちの人もそうしようって言うてくれて」

「ええ旦那《だんな》さま」

感心した声を出した美禰に、千夏は「うん」と頷いた。

「……うちには勿体《もったい》ないぐらい優しいええ人なんよ」

と、うれしそうにのろけてみせる。

「そやから、この子はうちの子として幸せにしたいんや」

そう言って、子供を見つめる千夏の目は慈愛に満ちている。

「そう……」

美禰は感心した声を出した。歳はさほど変わらないのに自分より千夏はよほど大人だと感じる。

「千夏さんは偉いですね」

「……うん」

「な〜んも、偉いなんてことないよ。お美禰ちゃんは？　誰かええ人おるの？」

「どんな人？　もしかして、一緒に暮らすために引っ越してきたの？」

「う、うん……でもまだ一緒には」

と、美禰は首を振った。

「なぁ、どんな人？」

「……介さまは私にはそれこそ本当に勿体ないぐらいのお人。それに……なかなか思うようには逢《あ》えなくて」

「なんで？」

「いろいろとね……」

と、美禰は言葉を濁した。

「それに、私のことだけを考えていてはいけないって言われる」

「どういうこと？　私って、お美禰ちゃんのこと？」

「ううん。そうやのうて、介さまのこと。ご自分でそうおっしゃったの。他のことへも目を向けろって」

「ようわからんな」

「……私がまだ介さまに似つかわしくないってことやと思う」

美禰はぽつんと呟《つぶや》いた。なんだか口に出すと寂しくなってくる。

千夏はそんな美禰をじっと見ていたが、「これ」と、鉢巻きを差し出した。

「あげる」

「えっ……」

「今度海に入るときには持っておかな、あかんよ」

「でも……」

「かまへん、かまへん。うちなら、家にまだあるから」

千夏はそう言って遠慮する美禰の手に鉢巻きを握らせた。

「ありがとう」

美禰は素直に戴《いただ》くことにした。

「……おっかちゃん」

そのとき、寝ていた子が起きた。眠そうに目をこするしぐさが愛らしい。

「起きたんか、加奈《かな》」

「うん」

子供の名は加奈というらしい。女の子だ。

「誰？」

「美禰お姉ちゃんや。挨拶《あいさつ》おし」

加奈は素直にこくりと首を垂れる。

「可愛らしい」

と、美禰が言うと、恥ずかしそうに千夏の背に隠れようとする。

「まだまだネンネやから」

千夏が笑った。

「また、千夏さんに会いに来てもいい？」

去り際、美禰は千夏に尋ねた。

「うちに？」

と、千夏は驚いた顔をした。

「この辺のことよう知らんし。色々教えて欲しいなと思って」

「……まぁ、それはかまへんけど」

「ここに来たら会える？　それとも千夏さんの家を教えてくれたら」

「あぁ、まぁそやね。けど、おらんことも多いし。……それより美禰ちゃんのうちはどこ？　今度うちから会いに行くわ」

と、千夏は再会を約束してくれ、美禰の家の近くまで送ってくれたのであった。

「ほな、また」

と、千夏は、加奈をおぶって帰っていく。

その後ろ姿を見送りながら、美禰はおつかのことを思った。

おつかは、両親を失った美禰を母親代わりとして育ててくれた人だ。血縁だとはいえ、大変なことも多かったはずだ。今も花嫁修業をさせようと一所懸命なのに、反発ばかり感じていた。

「……辛抱が足らんわ、私は」

早くおつかの顔が見たかった。

素直に謝ろう――。

美禰は家路を急いだ。


「……それでな。刀鍛冶《かたなかじ》をしてたって言うんよ、若い娘やのに、変わってるやろ。なぁ、聞いてる、あんた」

「ああ……」

「でな」

「ああ……」

千夏の作った夕飯をがつがつと食らいながら、和助は生返事を繰り返している。

「もうぉ、ほんまに聞いてんの」

「ああ、人助けしたと言いたいんやろ。……おい、お代わり」

差し出された椀《わん》を受け取ったものの、千夏はふーっとため息をついて手を動かさずにいた。最近、夫は全く千夏を見ようとしない。

別に人助けを自慢したいわけではない。ただ、話を聞いてもらいたいだけだ。

「なんや、早《はよ》うせんかいな」

と、和助は邪魔くさそうな声を上げた。

千夏は仕方なく椀に飯をよそって手渡した。

「お前、また、すぐわかるような嘘をついたんちゃうやろな」

「えっ……何のこと？」

「何のことやないわい。代々大きな網元やとか、家には船があるとか、毎度毎度、すぐわかる嘘をついてからに。俺への当てつけか」

「……そんな、そんなつもりやない」

「ほな、どんなつもりやねん」

「ただ、そうやったらええなって……。あんたも昔は大きな船持ちになるってそう言うてたし。あんな事故さえなかったら」

と、千夏は和助の右足に目をやった。

転覆事故に遭い、命は助かったものの、利き足が折れて上手《うま》く繋《つな》がらなかった。それ以来、和助は変わった。以前のように帆柱に上るようなことは出来ないかもしれないが、歩けないわけではない。なのに……。

「うるさいっ」

と、和助が怒鳴った。

「大きな声出さんといて、加奈が起きる」

千夏は隣の間で寝ている加奈を気遣った。二間あるとはいえ、海女《あま》小屋とさほど変わらない掘っ立て小屋が、千夏の住まいだ。

「俺に命令すんな」

言うなり和助の平手が飛んできて、千夏は頬を押さえて悲鳴を上げた。今まで怒鳴られることはあっても、暴力を振るわれたことはなかった。

「だいたい、あの子を引き取ってからや。あそこからおかしなった。トモカヅキに祟《たた》られてるん違うか、あの子は」

「……そんな……」

「なんやその目ぇは」

千夏は必死に涙を堪《こら》えた。

「ええか、他人にありもせん自慢話をする暇があったら、潜って金稼いでこい。わかったか」

「……う、うん。ごめんなさい。堪忍して」

千夏が拝むように手を合わせると、和助は忌々しげに息を吐き、横を向いた。

「もうええ。ほなな」

「……今から出かけるの？」

和助は返事もせず立ち上がると、足を引きずりながら、出て行った。戸が閉まる大きな音を聞いて、千夏の目から堪えていた涙がこぼれた。

頬を叩《たた》かれたのも衝撃だったが、加奈に対してあんなことを言うだなんて、あまりのことに胸が潰《つぶ》れそうだ。

美禰に語ったとおり、加奈は千夏の幼馴染《おさななじみ》夫婦が遺《のこ》した子だ。だが、引き取ると最初に言ったのは和助の方だった。父親が和助の親族だったからだ。

もちろん千夏は喜んで同意した。やはりうちの人はイイ男だとその時も心から思ったものだ。

最初は和助の方が可愛がっていた。まだ子を産んでいない千夏にとって、乳飲み子だった加奈を育てるのは大変なことだった。抱くのすらおぼつかないまま、貰《もら》い乳《ぢち》に走り回り、熱が出たら寝ずに看病もした。

その甲斐《かい》あって、加奈は千夏によく懐いてくれている。今では千夏も加奈をかけがえのない我が子だと感じている。

だが、いつの頃からか和助は加奈を遠ざけるようになっていた。加奈もそれを感じるのかあまり懐いていない。

加奈のことをあんな風に思っていただなんて――。

悲しくて辛《つら》くて、涙がとめどなく流れる。

最近の和助はこうして夜、家を空けることが増えた。仕事だと言うが、船に乗っているわけではない。何をしているのか訊《き》いても教えてくれない。金回りが悪くないのが不思議でならない。

何か悪いことでもしているのではないか……時折そんな考えも頭をよぎるが、怖くて訊けずにいる。

二人が出会った頃の和助は優秀な船乗りだった。

流行《はや》り病で両親を亡くしてから独りぼっちだった千夏にとって、和助は太陽のように明るく頼もしかった。いつも千夏の話を微笑みながらよく聞いてくれる人で、一緒にいるだけで幸せだった。それなのに……。

千夏は今の自分が辛くてならなかった。

つい嘘をついてしまうのは、人を騙《だま》したいわけでも、和助への当てこすりをしたいわけでもない。ただ、こうありたいという思いが口をついて出てしまったに過ぎない。

大きな網元の家に生まれ、何不自由なく育った自分――そんな夢想を最初は行きずりの旅人や商人《あきんど》に話しただけだった。貧しい家の金のない海女だと知られるよりも、網元の娘だと言った方が大事にされた。さらに、優しい旦那《だんな》さまと一緒に孤児を育てていると言えば、みな感心して誉め言葉を口にした。それがあまりにも心地よく癖になった。

そんな小さな慰めも自分には許されないのか——。

「おっかちゃん……どうしたん？　なんで泣いてるん？　どこか痛いん？」

目が覚めたのか、加奈がやってきた。泣いている千夏の頭を小さな手で撫《な》でてくれる。

「ううん、大丈夫。……おしっこか？」

うんと頷《うなず》く加奈を千夏は抱きしめていた。

二

常安寺で九鬼守隆と面談してからしばらくして、忠輝は九鬼家家臣の堀之内左馬之介から呼び出しを受け、彼の屋敷を訪れていた。もちろん、競兵衛も一緒である。

先に座敷に通された忠輝が下座に控えていると、しばらくして左馬之介が現れた。

「ようこそおいでくだされた。おぉ、そのお席はいけませぬ。ささ、こちらへ」

入ってくるなり、左馬之介は忠輝の手を取り上座に座らせようとする。

「おやめ下さい。今の私は」

罪人だからと、忠輝は固辞したが、左馬之介は首を振った。

「ご遠慮は無用。我が主《あるじ》からも松平さまにはご不便のないよう取り計らうよう、きつく言いつかっております。それにここは私の屋敷。私の思うようにさせていただきます。今日はお客人なのですから、ささ、どうぞどうぞ」

忠輝は少し困惑の表情を浮かべたが、左馬之介の言う通り、上座に移り腰を下ろした。

「……今日は何か」

「いや、ただ、ゆっくりと酒を酌み交わしたいと思うたのですよ」

何用かと尋ねた忠輝に対して、座敷に入って来た左馬之介はただ親交を深めたいのだと言う。

左馬之介が手を叩いて合図をすると、小姓が膳《ぜん》を運んできた。

「酒はいける方でございましょう。珍しい酒をご用意いたしました。肴《さかな》も十分に」

と、左馬之介自らが、徳利《とっくり》を手にした。

「……かたじけない」

忠輝は好意を無にするのも悪いと、盃《さかずき》を受けた。

「松平さま、どうか私のような若輩に、ご遠慮なさいますな。私は、松平さまがお気の毒でならないのですよ。ご公儀のなさりようは解せませぬ。なにゆえ、弟君である松平さまにかような仕打ちをなさるのか」

忠輝が返事に困って黙っていると、左馬之介は少し詰め寄り、こう声を潜めた。

「しかし、それは裏を返せば、それだけ松平さまのお力があるということ。松平さまを待ち望んでいる者が多いということではないかと」

左馬之介の真意がわからず、忠輝は言葉を選んだ。

「……それは、買い被《かぶ》りというもの」

「いえ、我が殿も同じお考えのはず。松平さまがその気にさえおなりになれば、応じる大名は多いはず。むろん、九鬼家も」

「いやぁ、何か誤解されているようだが、私は兄上と争う気などありませぬ」

と、忠輝は左馬之介の話を遮った。

「ではこのままでよいと？」

「兄上のお役に立てないのは、無念ではあります。しかし、天下はようやく泰平となったのです。世を乱すことに加担する気は毛頭ありませぬ」

忠輝がそう言ってのけると、左馬之介は意外なことを聞くというように顔をしかめ、それから作り笑顔を浮かべた。

「……いや、すみませぬ。つい先走りました。それはさておき、今日は楽しんでいただこうと思って趣向を色々と考えておりましてな」

と、左馬之介は小姓へ目配《めくば》せをした。

小姓が次の間を開けると、場が一気に華やいだ。

若い女が六人、いずれも着物の着付けや髪型から、ひと目で遊び女だとわかる女たちが並んでいたのである。

「どれでもお好きな者をお相手させまする」

左馬之介の言葉を受けて、女たちは忠輝へ精いっぱいの媚《こ》びた笑みを浮かべて、艶《なま》めかしくしなを作った。

「…………」

忠輝は黙り、後ろで控えている競兵衛も戸惑った顔をしている。左馬之介はさらに続けた。

「もちろん、競兵衛どのもどうぞお気楽に」

「いえ、私は」

と、競兵衛は即座に首を振った。

「そのように仰らず。これ、お酌をせぬか」

左馬之介の声に応じて、女たちは争うように忠輝や競兵衛の左右に侍《はべ》った。徳利を持ち、酒を注《つ》ごうとする。

忠輝はそっと盃に手をあて、それを制した。

「ありがたきお申し出ではありますが、そこまでは無用に」

忠輝がそう言うと、左馬之介はそれこそ心外だという顔になった。

「なにゆえ、そのようにご遠慮を。ご心配は要りませぬ。どの女も選《え》りすぐりの者。他言は致しませぬし、病持ちもおりませぬ」

「いえ、そういうことではなく。今日は酒だけで十分」

と、忠輝は断り、戸惑っている女たちには、「すまぬな。席を外してくれぬか」と優しく告げた。

それを見て、左馬之介は女たちに首を振り、下がるように命じた。

女たちが出ていくと、左馬之介は改めて忠輝に問いかけた。

「田舎の女は好みに合いませぬか」

「そのようなことは」

と、忠輝が首を振った。

すると、脇に控えている競兵衛が可笑《おか》しそうに笑みをこぼした。美禰のことを思ったに違いない。忠輝は競兵衛を軽く睨《にら》みつけた。

申し訳ありませんというように、競兵衛は小さく頭を下げる。

この忠輝主従のやり取りを見ていた左馬之介は少し険しい目つきになった。

「何か、ご不満でも」

そう問いかけている左馬之介の方がよほど不満そうだ。

忠輝はすまなさそうに吐息を吐き、首を振った。

「いえ、不満などござらぬ」

「しかし……」

「……いや、今はそのぉ、お気持ちだけで」

忠輝は少しはにかんだような笑顔を浮かべ、それでも頑《かたく》なに左馬之介の接待を断ったのであった。

結局、忠輝主従は、酒を少し飲んだだけで帰っていった。

「いったい、どういうことか……」

一人残された左馬之介は、腹立たしげに呟《つぶや》き、盃を飲み干した。

最初は、忠輝が用心深い性格なのかとも思ったが、さきほどのやり取りを反芻《はんすう》すればするほどに、苛立《いらだ》たしさが増してくる。

若い男の身で女の色香を欲しないなど全く理解できない。

田舎の女は好みに合わないのかと聞いたとき、競兵衛と二人でこそこそ笑い合っていたのも気に食わない。

「待てよ。もしかして、あの二人は出来ているのか……」

忠輝は男色なのだと考えて納得しようと試みたが、それも違う気がする。

左馬之介は大きく舌打ちをした。

だいたいが、道を説くように、天下泰平を口にしたのも気に入らない。

「何が『兄上のお役に立てないのは、無念』だ」

謙虚にもほどがある。忠輝はこうも言った。

――世を乱すことに加担する気は毛頭ありませぬ。

ああ、高潔すぎて反吐《へど》が出そうだ。大坂の陣が終わってまだ二年しか経っていない。弱肉強食の戦国がそう簡単に終わるものか。あれは嫌味に違いない。

左馬之介は九鬼家を倒して成り代わる気でいる。その己の欲深さを見透かされ、嘲笑《ちょうしょう》された気にすらなってくる。

流人のくせに落ち着き払った態度といい、完璧《かんぺき》すぎる受け答えといい、主従でこちらを小馬鹿にしたとしか思えないのだ。

忠輝の弱みを握り、泣きっ面を見ないことには気が済まない。

左馬之介は残った酒を一気に呷《あお》ると、大きく息を吐いた。

「……おい誰ぞ、三林《みつばやし》を呼べ」

三林は家臣の中で最も腕が立ち、何事もそつなくこなすので、左馬之介は重用している。

控えていた三林成孝《なりたか》が寸暇を置かず、やって来た。

「いずこかへお出かけでしょうか」

「いや、そうではない」

左馬之介は、三林を近くに手招きした。

「よいか。鬼っ子の身辺をもっと詳しく調べろ。一番の弱みを探るのだ。なるべく急いでな」

左馬之介はそう命じると、ふーっと大きく息を吐いた。

あぁ、なんでうちはここに来てしもうたんやろ――。

三

千夏は小さくため息をついた。

目の前では、美禰と介さまと呼ばれる若い侍が楽しそうに笑い合っている。

二人ともなんとも幸せそうな笑顔だ。

その日、千夏は美禰の家を訪れていた。家を訪ねると約束したということもあったが、何より、美禰の笑顔に癒《いや》されたかった。

あの子の中での私は大きな家に生まれ、よい連れ合いを持つ幸せ者だから――。

「わぁ、こんなにたくさん」

出迎えた美禰は、手土産の鮑《あわび》やさざえに目を丸くした。

「いいの、いいの。食べて」

千夏が遠慮せず食べてくれと言うと、美禰の母親代わりだというおつかと有名な刀鍛冶《かたなかじ》だったという月国もたいそう喜んでくれた。

特におつかは、丁寧に千夏に頭を下げて礼を言った。

「海でおぼれたときに助けてもらったと聞きました。本当にありがとう」

千夏はもうそれだけで十分、気分が良くなっていた。

あそこで、帰ればよかった——。

おつかが淹《い》れてくれたお茶を飲みながら、またも偽りの身の上話を始めたとき、客として侍が現れた。

「介さま」

美禰のうれしそうな声と表情から、その方が美禰の好《い》い人なのだとすぐにわかった。

目鼻立ちが整っていて、背も高い。この辺りでは見たことがない美丈夫だ。しかも、身分のある人らしく、お付きの人を連れている。

美禰は、介さまと呼んだ侍に千夏のことを伊勢で初めて仲良くなった人と紹介した。

「おお、それはよかったな」

介さまはそう応じてから、千夏を見た。

「これはよい鮑だな。その方が採ったのか」

と尋ねる声も柔らかく、眼差《まなざ》しも優しい。

千夏はどぎまぎしながら、小さく「はい」と答えた。

「ああ、そういえば、加奈ちゃんは？」

と、美禰は千夏に問いかけてから、介さまに小声で「お子がいるの」と囁《ささや》く。

「ほう、さようか」

と、千夏に微笑みかける。

「隣の人に預けてきた。だから、そろそろ帰らなきゃ」

「もっとゆっくりして欲しかったのに」

と、美禰は残念がり、おつかも頷《うなず》いた。

「今日はしょうがないけれど、今度は、お子さんやお連れ合いもご一緒にね。食事を用意しますから」

「おお、それがええ。そうしなされ」

と、月国も千夏を誘った。

「美禰のこと、よろしく頼む。色々教えてやってくれ」

最後にそう言ったのは、介さまだった。美禰もその言葉を聞いてうれしそうに頷いている。

「……うちは何も」

「いや、こいつは伊勢のことは何も知らんでな」

「それは介さまだって」

と、美禰が口を挟んだ。

「またそのような口を」

すかさず、おつかが注意をし、美禰は「また、叱られた」というように小さく肩をすくめた。それを見て介さまは微笑んだ。美禰が可愛くてならないという顔をしている。

何か訳ありのようだが、どうしてこんなお侍と美禰は知り合ったのだろう――。千夏は不思議でならなかった。訊《き》いてみたい気もしたが、優しい笑顔に包まれている美禰とこれ以上一緒にいたくなかった。

「ほな、うちはこれで」

帰ろうとすると、美禰が表まで送ると言い出した。

「ええんよ、そんなん」

断ったのに、美禰は千夏の手を取り、一緒に外に出た。

「今日は本当にありがとう。……ね、私でも海に潜れるかな」

「お美禰ちゃん、海女《あま》になりたいん？」

「ううん、そうではなくて。じじさまの好物やから。介さまもお好きそうやったし……あ、勝手に潜ったりしたらあかんのかな」

「まあね。それにそう簡単に採れるもんやない。欲しいときはうちが採ってくるから」

「……うん、ありがとう。じゃあ、お代はちゃんと払いますから」

と、美禰は律儀に言う。

「遠慮せんでええのに。まぁ、ほなそういうことで。またね」

千夏は踵《きびす》を返しかけたが、美禰にもう一度向き直った。

「……なぁ、あのお侍が前に言うてた人でしょ。恰好《かっこう》ええお人や」

千夏の問いに美禰は少し恥ずかしそうに頷いた。その顔を見ているうちに、千夏の心についつい、邪《よこしま》な気持ちが芽生えた。

「……たしか、あの人のことだけを考えてたらあかんて、そう言われたって」

「うん……それが何か？」

「うん。……ううん、やめとく」

と、千夏はわざと言葉を濁した。

「何？　何か気になることでもあった？」

「ああ、ごめん。気にせんといて」

「そんなん言われたら、余計気になる。何？」

「ああ……そやね。うん、そやったら言うけど、うちの考えすぎやとは思うけど」

と、前置きをしてから、千夏は声を潜めた。

「あのお方、他にも好きなお人がいるのと違う？　男は自分が勝手気ままにしたいとき、そんな風に釘《くぎ》を刺してくるんよ。特に女の方が一所懸命になるとな」

美禰の表情が曇ったのを見て、千夏はさらにこう続けた。

「うちはお美禰ちゃんが泣くことにならへんかと思うて心配やねん。……あ、ごめん、ごめん。あんたの介さまはそんなお人やないわな。ごめん。ほなね、また」

早口でそれだけ畳みかけるように言うと、千夏は美禰を置いて走り去った。

辻《つじ》を曲がってからもしばらく走って、美禰の家から遠く離れてから、千夏はようやく立ち止まった。

「うちは、なんであんなことを……」

別れ際の美禰の悲しそうな顔が頭から離れない。

みなに愛されている美禰が羨《うらや》ましくて、ほんのちょっと、意地悪を言ってみたくなった。それだけなのだ。

言ったら、胸がすっとするかと思ったが、かえって苦しくなっただけだ。

自分が情けなくてたまらない。

ああ、なんて嫌な女なんや、うちは――。

ふーっと大きく吐息を漏らしてから、千夏はとぼとぼと歩き始めた。

やがて、大通りの近くまで出たときだった。花菱屋の通用口から、夫の和助が出てくるのが見えた。

花菱屋は大湊でも指折りの廻船《かいせん》問屋だ。

「……仕事でも決まったんやろか」

そうだとしたら、お祝いしたい。

「あんた」と声をかけようかと思ったが、人相の悪い男が一緒だ。

まわりには、大きな荷物を抱えた人足たちが行き来していて、その間を縫うように、男は歩を進め、時折何か和助に命じている。

「へぇ、わかりました」「……大丈夫です」

和助は律儀に答えながら不自由な足を引きずりつつ、男についていく。そういう姿を見ると、切なくなる。

あの人はあの人なりに一所懸命なんや――。

何を話しているのか気になり、千夏は少し二人に近づいていった。

「……ああ、そう言えば、病気になった女はどうした？」

「ええ、異国は無理なんで、はしりがねに。まずまずの値で売れましたわ」

男の問いに対して、和助は事も無げにそう答えた。

はしりがねとは、風待ちで暇な船乗りを相手にする遊女のことである。

うちの人は女衒《ぜげん》をしているのか。まさか、そんな……。

「それはええが、また同じようなことになっては困る」

「へぇ、世話をする者を探してます。それと、次のルソン行きまでには、もう少し集めますんで」

と、和助が言い、男は「大丈夫か」と呟《つぶや》いた。

「どうせ鬼っ子の仕業、誰もがそう思うてます」

「まぁ、用心に越したことはない。ほな、頼んだぞ」

と、男は去っていった。

鬼っ子の仕業って、それって……。

動悸《どうき》が激しくなり、千夏は思わずよろけそうになった。慌てて手をついた場所が悪かった。積まれた荷が崩れそうになったのだ。

「危ない、危ない。どきや」

と、人足が駆け寄って来た。

千夏はかろうじて避《よ》けたが、前にいた和助に気付かれてしまった。

和助は怖い顔をして、すぐさま、千夏の元へやってきた。

叩《たた》かれると、千夏は身をすくめた。が、和助は無言のまま千夏の手を取ると、ぐいぐいと人影のない裏通りまで引っ張っていった。

「……お前、いつからおった。何でここにおるんや」

「あんた、いったい何してるん」

「何を聞いた」

「何って、鬼っ子の仕業って……あんたもしかして、人をさらって…」

最後まで言わせず、和助は千夏の口を覆った。

「あほ、何も言うな。黙ってんと、どつくぞ」

「う……うう」

わかったと千夏が頷《うなず》くと、和助は辺りに誰もいないことを確認してから、手を離した。

「……けど、あんた、お願い、悪いことはせんといて」

千夏は拝むように和助を見たが、和助は苛立《いらだ》たしげに唾《つば》を吐いただけだった。

「お願いやから……」

「しょうがないやろ。これしかないんや」

「そんな……」

「ええか。これから言うことは誰にも言うなよ。漏らしたら、お前も俺も死ぬことになる」

和助は辺りを気にしつつ、声を落とした。

「これはな。大切なお役目なんや。花菱屋の旦那《だんな》もご承知の話でな、上手《うま》く行ったら、俺はな、侍になれる」

「お侍……」

「そうや。嘘やないで。堀之内の殿さまがそう約束してくれたんや。はかりごとが上手く行ったら、取り立ててくれるってな。知ってるやろ、堀之内さま」

千夏は頷いた。昔、和助は堀之内家の船に乗っていたことがあった。

「はかりごとって何?」

「それは……俺もよう知らん。知らんでええねん。とにかく、女をルソンに売って金を作る。それが俺の仕事や。お前も楽したいやろ。馬鹿にした奴ら見返したいやろ。黙ってついてきたらええのや。……わかったな」

そう言われても簡単に首を縦にふるわけにはいかない。

硬直した表情の千夏に対して、和助はさらに詰め寄った。

「ええか。秘密を知った以上、お前も仲間になるしかない。それとも死にたいか。

俺が死んでもええんか」

「そんな……」

「そやったら、手伝《てつど》うてくれ。ちょうど女手がいるんや。ええな、わかったな」

千夏が頷くまで、和助は強く念を押し続けたのであった。


美禰が外から戻ると、おつかが一人、台所で料理の支度をしていた。

「あれ、遅かったね。どこまで見送りに行ってたの」

「う、うん……」

美禰はおつかの問いには答えず、横に立って支度を手伝い始めた。

月国と忠輝、競兵衛は奥にいるようだ。「九鬼の殿さま」とか「堀之内さまが」

とか、途切れ途切れに会話が聞こえてくる。

「九鬼の殿さまとお会いになってから、なんやあれこれあるみたいやな」

と、おつかが心配そうな声を出した。

「……そう」

と、答えたものの、美禰の頭の中では千夏の言葉が何度も繰り返されていた。

——他にも好きなお人がいるのと違う？

介さまに他に好きなお人がいるとしたら、それは五郎八さまのことだ。

殿とは仲睦《なかむつ》まじかったと言った競兵衛の言葉も思い起こされて、美禰はすぐに家に戻る気になれず、辺りをひと回りしてきた。

それなのに、介さまの声を聞いただけで、また頭の中は五郎八さまのことでいっぱいになる。

「美禰」

「えっ」

我に返ると、おつかがこちらを睨《にら》んでいた。

「もうぉ、さっきからぼーっとして、しっかりせなあかんという話をしてるのに」

「……ごめんなさい」

「ええか、九鬼の殿さまは悪いお方やないみたいやけど、介さまは今の幕府にしたら、咎人《とがびと》や。いつ何時、どういう目に遭うかわからん」

「またお命を狙われることがあるってこと？」

「そうならへんことを祈っているけど、あれで収まったとは思えんしな」

と、おつかは物騒なことを言う。

美禰は、山で襲われたときのことを思い出した。

あのとき、妖術《ようじゅつ》で人を操る怖ろしい忍びに狙われた。柳生の手の者だと介さまは言っていた。

またああいう人たちが来るのだろうか――。

怖がらせ過ぎたかと思ったのか、おつかは優しく美禰の背を撫《な》でた。

「……たぶん大丈夫やとは思うけど、何があってもうろたえることのないように、美禰は美禰で、ご迷惑をかけんように、しっかりせなな」

「はい……」

「男のなりでうろうろしたらあかん。一人で海に入るなんて、もってのほかや。えか」

「わかってる。もうしません」

「それから、近頃、人さらいが増えているらしい。夜は出歩いたらいかんよ。昼間も人気《ひとけ》のない所は行ったらあかん」

「はい。わかりました」

美禰が殊勝な顔で頷くと、おつかはようやく安心したように笑顔をみせたのだった。

第三章　柳生の若君

一

山を越すごとに、緑が濃くなった。

目にも鮮やかな瑞々《みずみず》しい新緑に包まれて、柳生七郎《しちろう》は大きく息を吸った。

頭のてっぺんからつま先まで、山の氣《き》が取り込まれていくのが心地よい。

求愛でもしているのか、美しい鳥のさえずりも聞こえてくる。

「……それにしてもよく響く鳴き声だなぁ。あれもミソサザイか」

七郎は傍らの草間《くさま》新次郎《しんじろう》に尋ねた。

「さようにございます」

新次郎の答えに七郎は満足そうな笑みを浮かべた。

ミソサザイはスズメよりも小さく、色も決して美しいとは言えない鳥だが、その鳴き声は九町（およそ一キロ）先にも届くと言われるほど力強く美しい。

そう教えられてから、七郎はミソサザイに妙に心惹《こころひ》かれるものを感じていた。

むろん、大きくて強い鷹《たか》も好きだ。というか、ミソサザイを知るまでは鷹が一番好きな鳥であり、父にねだって自慢の鷹をもらったこともあった。

能ある鷹は爪を隠すというが、鷹は見るからに大きく逞《たくま》しい。逆にミソサザイはか弱く小さい。しかも隠れて姿を見せないのに、侮《あなど》れない力を持っている。そこがいい。

「じき、里に着きましょう」

「うん」

疲れなど微塵《みじん》もみせない笑顔で、七郎は頷いた。気持ちが急《せ》いて、より歩みが速くなる。

七郎は今、柳生庄《やぎゅうのしょう》へ向かっていた。父宗矩の命は伊勢へ向かえというものだったが、その前に生まれ故郷に立ち寄ることにしたのである。

幼いうちに江戸《えど》住まいになった七郎にとって、柳生庄で過ごした時間はわずかしかない。とはいえ、近づくにつれて、懐かしさが込み上げてくるのが不思議であった。

江戸から柳生庄へ行くには、東海道《とうかいどう》、鈴鹿《すずか》の関宿《せきじゅく》から、奈良へと至る大和《やまと》街道に入り、伊賀上野《いがうえの》、笠置《かさぎ》、そして、柳生街道を辿《たど》るという結構な長旅になる。その旅を七郎は、お供に新次郎一人だけを連れて動いていた。

柳生家は今や将軍家御家流師範という立派な肩書で大名からも一目置かれるようになった。その嫡男にしては、供がたった一人というのは少々心許《こころもと》ないように思われる。しかも七郎はまだ十一歳の少年だ。新次郎もまだ二十歳になったばかりの若者で、傍目《はため》には主従というより、年若い兄弟が仲良く旅しているようにしか見えない。だが、七郎の剣の腕は宗矩が末恐ろしいと思うほどに強く、新次郎もまた柳生一門の中で近頃、めきめきと腕を上げてきている。

だからこそ、宗矩も新次郎との二人旅を許してくれたと、七郎は思っていた。

堅苦しいお目付け役が一緒の旅よりよほど楽しい。しかも二人は選ばれて、鬼退治に行くのだ。父の期待に応《こた》えたい——その高揚感もあった。

が、伊勢に近づくにつれて、こんな考えが頭をもたげるようになっていた。

鬼っ子として怖れられる松平忠輝とは、いったいどのような人物なのであろうか。

なぜ父上は私に退治せよと仰せになったのだろうか——。

少し考えを整理するためにも、七郎は柳生庄に立ち寄ることを思いついたのであった。

あと少し、森を抜ければ柳生庄というところまで来たときだった。先ほどまで聞こえていた鳥のさえずりが止んだ。

妙な胸騒ぎを感じて七郎は足を止めた。隣の新次郎も異変を感じ取ったのか、緊張した顔つきになった。

「若……」

「うむ」

二人が顔を見合わせた次の刹那《せつな》であった。

叢《くさむら》から手裏剣が飛んできて、二人の頭をかすめた。

さらに、頭上から人が降って来た。それも一人ではない。十人ほどの男たちが、二人に襲い掛かったのだ。

七郎は新次郎と共に、転がるようにして最初の攻撃を避《よ》けた。

男たちはみな手練《てだ》れで森の中を縦横無尽に動き、二人を追い詰めていく。だが不思議なことに斬りかかってはこない。二人を生け捕りにでもするつもりのようだ。

森の外へと誘導されるような形で、二人は野原に出た。男たちの輪はじわじわと狭まって来る。

みな農夫か木こりのような素朴ななりをしている。が、得物は忍び刀である。その中、ひときわ小柄な男が七郎の前に躍り出た。頭巾《ずきん》で顔の下半分は隠されていて歳はわからないが、眼光は鋭い。軽々と宙返りをこなし、機敏な動きだ。

男が誘うように七郎に仕掛けて来たのをみて、新次郎が庇《かば》うように前に出た。

「退《の》け、俺が相手をする」

怪訝《けげん》な顔の新次郎を制して、七郎は抜刀し、男に斬りかかった。

男は刀の下を潜るように、しなやかにそれを躱《かわ》したが、すぐさま体勢を切り返し、七郎の喉《のど》もと目がけて、刀を突き出してきた。

七郎は素早くそれをはねのけると、そのまま飛び上がり、男の頭上目がけて刀を振り下ろした。

刀と刀が交わり、激しい火花が散る。二度、三度、打ち合いは続き、男と七郎は睨《にら》み合った。と次の瞬間、不思議なことが起きた。

男がふっと力を緩めると刀を納め、声を上げて笑い出したのだ。

すると、七郎もハハハといかにもうれしそうに応じる。

新次郎は呆気《あっけ》に取られ、それを見た他の男たちも刀を納めて笑い始めた。

「十兵衛《じゅうべえ》さま、腕を上げられましたな」

男は頭巾を取り、七郎の前にひざまずいた。

「じぃ、元気そうだな」

七郎はそう言うなり、男に抱きついた。

「ようお越しになった」

「我らが来るとようわかったな。江戸から知らせが来ていたのか」

七郎の問いに、男は「いえいえ。そのようなものなくてもわかりまする」と答えて、カッカとうれしそうに笑う。

「若、これは……」

戸惑っている新次郎に向かって、男がにっと笑った。陽に焼けた肌はしみと皺《しわ》でくしゃくしゃだが、目は優しい。

「お前さまもなかなかのものじゃ」

「じぃ、これが新次郎だ」

と、七郎が男に新次郎を紹介した。

「新次郎、荘田《しょうだ》のじぃだ」

「荘田……喜左衛門《きざえもん》さま……」

はっとして、新次郎は深々と頭を下げた。

「草間新次郎にございまする」

荘田喜左衛門は、宗矩の父・石舟斎《せきしゅうさい》の代から奉公している柳生家の忠臣であり、石舟斎の弟子の中でも五本の指に入る人物であった。

「ご無沙汰《ぶさた》しております。十兵衛さま」「ようお戻りで」「覚えておいでですか」

七郎たちを取り囲んでいた男たちも次々に挨拶《あいさつ》をした。みな柳生庄を守っている者たちで、中には幼い七郎の遊び相手になってくれていた者もいた。

「うん。みな達者で何よりじゃ」

七郎は一人一人にちゃんと挨拶を返した。

「あの、なぜ皆は若のことを十兵衛さまとお呼びに」

戸惑っている新次郎を見て、七郎が喜左衛門に尋ねた。

「あぁ、なぜであったかな。じぃが言い出したのだったか」

「いえ、たしか十兵衛さまがそう呼べと仰せに」

「そうそう」

と、男の一人が声を上げた。

「若さまが皆のあだ名を勝手に決めて、自分は十兵衛にするとおっしゃったのです。一番強いのは俺だからと」

「そうじゃ。十人掛かっても負けぬ兵《つわもの》だからってな」

と、他の男も頷《うなず》いた。

「儂《わし》など猿蔵《さるぞう》ですぞ」

「猿蔵はまだよい。俺など兎吉《うさきち》だ」

「ぴょん吉と言われぬだけよい」

「何ぃ」

「ハハハ、すまぬ、すまぬ。だが、猿蔵は木登りが上手《うま》いし、兎吉はよく跳ねるから褒めたんだ。ともかく、ここでは俺は十兵衛だ。よいな、新次郎」

七郎、いや十兵衛はそう笑って返した。

「は、はい……」

「あ、そうか。新次郎にもあだ名を付けねばな。何がよいかなぁ。真面目で堅物、まっすぐだからなぁ。犬千代《いぬちよ》いや鉄吉《てつきち》、それとも……」

「おやめ下さい。私は新次郎で結構。そうお呼びを」

「な、かたいだろ。こいつ」

と、十兵衛が肩をすくめ、周りの男たちがどっと笑った。

「さぁさ、まずはゆるりと風呂《ふろ》にでもお入りを。今宵《こよい》は猪鍋《ししなべ》で宴《うたげ》ですぞ」

喜左衛門に応じるように、男たちが「うおお」と喜びの声を上げ、十兵衛も一緒になって、「おぉ」と手を上げた。

「ささ、どうぞどうぞ」

喜左衛門は十兵衛をいざなって、先に歩き出した。

「……それにしてもなんという出迎え方か」

と、後に続く新次郎は小声で不満を漏らした。すると、すかさず、喜左衛門が振り返った。老人とは思えない耳の持ち主だ。

「うむ。物足りなかったかな。次は鉄砲でも用意しておこうか」

「滅相もない。十分にございます」

新次郎は頭を下げ、喜左衛門は愉快そうに笑った。

「じぃは変わっておらぬな……」

と、十兵衛は微笑んだ。

十兵衛が柳生庄に立ち寄りたいと考えたのは、この喜左衛門に会いたかったからである。喜左衛門は、父宗矩も一目を置く人物で、幼い十兵衛に対して父の代わりに剣の持ち方から教えてくれた人だ。

歳は六十をとうに超しているはずで、見た目は好々爺然《こうこうやぜん》としていて、いわゆる剣豪らしいところがまるでない。小柄で、既に背丈は十兵衛が追い越しているし、か弱そうにしか見えない。それなのに、さっきの戦いぶりもそうだが、内に秘めた能力は高く、誰もが認める腕を持ち、その名は鳴り響いている。

あ、そうか。じぃはミソサザイか――。

だから、小さい体で美しい声でさえずる鳥に親しみを感じたのか。

そのことに気付いた十兵衛の頬はさらに緩んだのである。


その夜、歓迎の宴が終わってから、喜左衛門は十兵衛を誘い、二人で夜空を見上げていた。

頭上にはきらきらと美しい星空が広がっている。

「わぁ……」

十兵衛が感激した声を出した。

「美しゅうございましょう。若がお生まれになった日も今宵のような美しい星空にございました」

と、喜左衛門は十兵衛に目をやった。

十兵衛は喜左衛門の師である柳生石舟斎が亡くなって一年後に生まれた。

石舟斎先生がご存命であれば、この孫君の誕生をどれだけお喜びになったことか。そして、ご成長をどれほど楽しみになさったことだろう――。

一心に星を見つめる十兵衛は少年らしい濁りのない目をしている。その横顔が喜左衛門には愛《いと》おしくてならない。

伊勢はまこと代参だけでござりまするか……そう訊《き》いてみたい気持ちでいっぱいになる。

先ほどの宴では、十兵衛は父宗矩の代わりに伊勢神宮参拝をするのだと語った。だが、それだけではない気がしてならない。だいたいが代参であれば、こんな隠密《おんみつ》旅のようなことはさせまい。せめて我らには話があってもよいではないか。

なにゆえ殿は、若を伊勢に送るのか――。

喜左衛門は、宗矩が十兵衛を表だって動けない場所へ送るつもりではないかと危《き》惧《ぐ》していた。

柳生は剣一筋でお仕えする――これは亡き石舟斎がよく言っていたことだ。そのために喜左衛門は修練を積み、誰よりも強くなるために励んできた。

隠居の身となった今も、この石舟斎の言葉を胸に後進の指導にあたっている。

しかし、この「剣一筋」の受け取り方が、宗矩と自分とでは乖離《かいり》していることに喜左衛門は気づいていた。

宗矩が晴れて将軍家剣術指南役となったことは喜左衛門にとっても一門にとっても、大変喜ばしいことであったが、宗矩はその一方で、裏の仕事に走った。

柳生庄の中からも選ばれた者が、宗矩の命により暗殺行為に手を染めた。柳生は総力を挙げて幕府にとって脅威となる存在を排除してきたのだ。

宗矩に言わせれば、こういう裏の仕事があったからこそ、柳生はここまでになったというかもしれない。

しかし、喜左衛門にはこれ以上、柳生の名を穢《けが》して欲しくないという思いがあった。幾度か宗矩に意見したこともある。そしてそのことを宗矩が鬱陶《うっとう》しく感じていることもわかっていた。

星空に目をやったまま、十兵衛は呟《つぶや》くようにこう問いかけてきた。

「なぁ、じぃ、鬼に会《お》うたことがあるか」

「鬼……」

「ああ、鬼じゃ。父上からは、伊勢には鬼がおる。退治したくないかと言われた」

やはり別の目的があったのか。

喜左衛門は素早く頭を働かせた。

伊勢の鬼とは……九鬼家か？　いや、まさかそれはあるまい。だとすると、鬼っ子松平忠輝公のことだ。

喜左衛門は、前年、幻斎《げんさい》を使った襲撃が失敗に終わったことを耳にしていた。あのときも喜左衛門には事後報告があっただけだった。

なるほど、少年なら油断する。そう思ってのことか――。

「なぁ、まこと、鬼はおるであろうか」

十兵衛は喜左衛門に向き直り、再度そう尋ねた。

「さて、取りようにございましょうな。人は誰しも鬼を飼《こ》うておるものゆえ」

「じぃもか」

「はい」

喜左衛門はにやりと笑ってみせた。

「退治いたしますか」

「じぃが鬼なら退治はせぬ。その鬼なら好きじゃからな」

と、十兵衛は無邪気に答えた。

十兵衛は幼い頃から、好き嫌いをはっきりと口にする子であった。本能的ともいえる尺度を持っていて、人におもねることをしない。それはある意味無防備であり、世間ずれしていない子供特有のものかもしれなかったが、喜左衛門は十兵衛にはこの素直さのまま大人になって欲しいと願っていた。

「十兵衛さまはどのような鬼なら退治なさるので？」

「むろん、嫌いな鬼じゃ」

「では、嫌いな鬼とは？」

「う〜む」

と唸《うな》ってから、十兵衛は答えた。

「人に悪さをする鬼。理由もなく民百姓を苦しめる。要するに弱い者虐《いじ》めをする奴なら、退治する」

「なるほど。確かにそういう輩《やから》は悪と言えましょう。しかし、その理由というのが曲者《くせもの》でして、観方《みかた》によっては悪ではなく善かもしれませんぞ。弱者も違う面から見れば強者かもしれず」

禅問答のように感じたのか、十兵衛は「ようわからん」と呟いたがすぐに、

「……要するにじぃは一面だけを見て、鬼だと決めつけるなと言いたいのだな。父上が鬼だと言うたからと言って、鬼とは限らんと」

十兵衛は澄んだ瞳《ひとみ》でまっすぐに喜左衛門を見つめた。

宗矩の命令に逆らえと言うのは逆臣と取られても仕方ないことだ。しかし、喜左衛門は、十兵衛にはできれば陰のない、日向《ひなた》を歩いて欲しいと願っていた。

この澄んだ瞳を濁らせたくはない――。

「……さよう。何事も疑ってかかるが肝要かと」

そう答えてから、喜左衛門は「ああ、そういえば」と、十兵衛に微笑んだ。

「こんな話をご存じでしょうか。鬼にはカミもいると」

「うむ？　なんだ、それは」

「鬼子母神《きしもじん》の話でございます。お参りされたことは？」

「いや、まだ行ったことはないと思う。それがどうかしたか」

「鬼子母神は、その昔、子を食う鬼でございました。ですが、改心をし、子を守る神となりました。ゆえに鬼子母神の鬼の字の一画目は書かぬのです。ツノはもう生えておらぬということで……。そして、その字をオニとは読まず、カミと読むのです」

「オニではなく、カミ……。鬼であってもカミになるものがいるということか」

「難しゅうございますか」

「いや、わかった。ようよう己の目で確かめる。それで、まさしくツノのある鬼だと思えば討つことにする」

と、十兵衛はしっかりと頷《うなず》いた。

「ところで十兵衛さまはその鬼退治、たったお一人でなさるお積りで？」

「いや、新次郎がおる」

確かに、あの若者なら忠犬のようにこの若君を守るだろう。

が、それだけでは心許《こころもと》ないと、喜左衛門は感じた。十兵衛がどんな判断をし、どう切り抜けるのか、それを確かめずにはいられない。

「おぉ、そうでしたな。しかし、もう少し手勢があってもよいのでは？　桃太郎《ももたろう》でも雉《きじ》や猿をつれておりましたぞ」

「うーむ。そうか。しかし、俺にはきび団子がないからな」

「ではこうなさいませ。このじぃなら、きび団子は要りませぬぞ。それに伊勢は庭のようなもの。道案内もできまする」

「雉代わりのミソサザイか……」

と、十兵衛が呟く。

「はぁ？」

「いや、じぃは本心から俺の家来になりたいのか」

十兵衛はちょっと困った顔をしている。

「私では不足にござりまするか」

「いや、そうではない。そうではないが……じぃは俺の命《めい》がきけるのか」

「むろんでございまする」

「ならば、きび団子の代わりに酒を寄越《よこ》せなどと言うなよ」

「わかっておりまする」

「よし、それなら、供を許すにやぶさかではない」

わざと勿体《もったい》ぶった大人びた口調で、十兵衛は頷いた。

「ははぁ。ありがたき幸せ」

と、喜左衛門も畏《かしこ》まって頭を下げてみせ、供に加わったのであった。

二

伊勢に入った十兵衛一行は、堀之内左馬之介の屋敷に立ち寄った。宗矩から、堀之内家で情報を得よと命じられていたからである。

「これはこれは御曹司、お待ちしておりました。遠路はるばる。さぞやお疲れにございましょう」

左馬之介は満面に笑みを湛《たた》え、十兵衛らを出迎えた。

「まずは風呂《ふろ》へお入りになりますか。それともお食事を先になさいますか」

「いえ。そのような配慮は要りませぬ」

十兵衛はできれば誰の世話にもなりたくなく、宿場に宿を取るつもりでいた。ところが、左馬之介はとんでもないことと引き留めた。

「柳生さまの御曹司にそのような真似させられませぬ。ささ、部屋はこちらにご用意いたしました。滞在中は我が屋敷だとお思いになって、どうぞおくつろぎを。……そうそう、そこの者、案内ご苦労であったな、これで飯でも」

どうやら左馬之介は、粗末な身なりで杖《つえ》をついた喜左衛門を道案内だと思ったようだ。金子《きんす》の入った袋を手渡し帰そうとした。

「おぉ、これはなんとお優しい」

喜左衛門は調子を合わせて金をありがたく受け取ってから、振り返って、十兵衛に向かって舌を出してみせた。ちゃっかりしているというか、からかっているつもりなのか、新次郎は目を丸くし、十兵衛は笑いを堪《こら》えるのに苦労した。

いかにも侍然として大小帯刀している新次郎とは違い、喜左衛門は杖をついた老人だから勘違いされても仕方ないとも言えたが、喜左衛門の杖は特製の仕込《しこ》み杖《づえ》なのだ。抜刀すれば、ここにいる者など瞬殺されてしまうだろうに……。

「いや、じぃは我が家来だ」

「は、はぁ」

呆気《あっけ》に取られた左馬之介を尻目《しりめ》に、喜左衛門は金をさっさと懐にしまい、十兵衛の後に続いて屋敷に上がった。

用意された離れの部屋に入った十兵衛たちは思わず顔を見合わせた。

海外から取り寄せたらしいガラスの置物や、壺《つぼ》、獣の毛皮などがこれでもかと並べられてあったからだ。

「何がお気に召すやらわからず。お好きなものがございましたら、何なりとお持ち帰りを」

左馬之介はニコニコと話しながら、さらに、美しい砂糖菓子が盛られたガラスの器を差し出した。

「これは金平糖にございます。お口に合えばよろしいのですが……」

いかにも子供扱いされているようで、気に食わない。

十兵衛は彼の顔をじろりと一瞥《いちべつ》してから答えた。

「……甘いものは好みませぬ。それと、御曹司と呼ぶのもおやめを」

「おやおや、これは気が利かぬことで。しかし御曹司、いや若君には酒という訳にも参りますまい。ハハハ……」

左馬之介は「これはまいった」と頭を叩《たた》いてみせたが、それも十兵衛にはわざとらしくしか感じられない。だいたい、目が笑っていないのが嫌だ。

「ではまずは風呂で汗でも流されては。すぐにご用意させますので」

そう言うと、左馬之介はそそくさと部屋を出て行った。

やれやれと十兵衛は嘆息した。

「きっと、夕餉《ゆうげ》はこれまでに見たこともないご馳走《ちそう》にございますぞ」

と、喜左衛門が愉快でならないという顔をしている。

「じぃは、そんなに楽しいか」

「楽しいか楽しくないかよりも、ああいう輩《やから》にいちいち腹を立てても仕方ありますまい」

と、喜左衛門は金平糖を口に含んだ。

「おぉ、美味美味……」

「じぃ」

いい加減にしろと十兵衛は喜左衛門を睨《にら》んだ。

「……それにしても、これは」

と、新次郎は虎の頭のついた毛皮を持ち上げてみせた。

「なんだ、お前まで。そんなものが欲しいのか」

「まさか。どうせなら、甲冑《かっちゅう》か鉄砲でもあればよろしいのにと思うたまでで」

「ああ、まさしくな」

十兵衛は腹立たしげに虎の頭を叩いた。

「こんなところに長居は無用じゃ」

「しかし、殿はここで話を聞くようにと、仰せだったのですよね」

と、喜左衛門が尋ねた。

「ああ」

「ならば、今宵《こよい》はここでゆるりと過ごすことにいたしましょう。ああいう俗物に慣れておくのも、これからの十兵衛さまにとっては必要なことかと」

「慣れたくはない。腑抜《ふぬ》けにされそうだ」

「腑抜けになるかならぬかは己次第。まぁ、そうおっしゃらずに我慢なさいませ」

駄々っ子のように横を向く十兵衛を、喜左衛門はそう言ってなだめた。

「それに、情報を得るには相手を油断させるが一番にございますぞ。これも兵法の一つとお思いに」

そうまで言われては仕方ない。十兵衛は観念したように頷《うなず》いてみせたのだった。

「はぁ、可愛げのない……」

離れを出て自室に戻った左馬之介は渋い顔で呟《つぶや》いた。

「あのぉ、足りぬところがございますか」

と、肩を揉《も》ませていた小姓が尋ねた。

「いや、そこはよいから、もそっと左、そこだ……」

左馬之介は目を閉じたまま、答えた。

嫡男が伊勢詣《もう》でに行くので、そちらに立ち寄らせる。但し、九鬼家には内密に――そう、宗矩から知らせが届いてからは、バタバタと準備に忙しかった。

十一歳の若君のお世話などしたくもないが、柳生家との繫《つな》がりを強めるためには致し方ないことだし、何より、「九鬼家には内密に」と添え書きがあったのが、宗矩が自分を信頼してくれているようで、うれしくもあったのだ。

花菱屋徳兵衛に命じてあれこれ珍しい品を集めさせたが、それを見ても喜ぶ顔一つ見せない。

扱いづらいこと、この上ない。あの歳では女をあてがう訳にもいかないだろう。

いったい何が欲しいのか。自分があの年頃何を欲していただろうと考えても、思いつかない。

うむ、待てよ。柳生さまはあの若君を私への目付けのつもりで遣わしたのか。いやいやそれはあるまい。

ともかく、旨《うま》い魚でも食べさせて、伊勢参詣《さんけい》を済ませたら、早々にお引き取り願うに限るな。

そこまで頭を巡らせたときであった。

「……殿、少しよろしゅうございますか」

忠輝の身辺を探らせていた三林が部屋に入って来た。

左馬之介は小姓を下がらせると、三林を手招いた。

「何かわかったのか」

左馬之介の問いに、三林は頷いてみせた。

この日の夕餉は喜左衛門の予測どおり、これでもかと山海の幸が並んだ。

「うわぁ、これは旨そうだ。かたじけない。ありがたくいただくことにしよう」

先ほどとは打って変わって、十兵衛は無邪気に喜んでみせた。情報を得るには相手を油断させるのが一番だという喜左衛門の助言に従ったまでだ。が、確かに効果はあったようで、左馬之介は満足げに微笑み、自然と会話も弾んでいった。

「……まずは二見浦《ふたみがうら》で禊《みそ》ぎをなさり、外宮、内宮と廻《まわ》られるのがよろしいかと。神宮には私もお供いたします」

左馬之介は伊勢参詣の手配も全てするつもりでいるらしい。

「最後には、金剛證寺に行くのが正式でございますが、なにぶん、奥深い山の中ゆえ、お止《よ》しになっても構わぬかと」

「しかし、金剛證寺は、伊勢神宮の奥の院。朝熊かけねば片参りと言うのでは？」

と、喜左衛門が口を挟んだ。

「それは是非とも行かねば。堀之内どのはご多忙だろう。我らだけで参るので、心配はご無用に」

と、十兵衛は左馬之介に告げた。

「は、はぁ、しかし……」

「何か不都合でも？」

十兵衛が問いかけると、左馬之介は渋い顔で頷いた。

「ご存じかもしれませぬが、あそこには今、松平忠輝公がお預けとなっておりまして……」

「あぁ、そのことだが、父上は忠輝公を徳川に仇《あだ》なす鬼だとおっしゃったが、まことであろうか。お教え願いたい」

「やはりお聞き及びでしたか。ええ、まさしくその通りにございます」

「堀之内どのはお会いになったのか」

「はい」

と、左馬之介は頷いた。

「どのような方だ？」

「我が殿が寛容なのを良いことに我儘《わがまま》勝手をされるお方で、改易になったのも無理からぬことと」

「ほぅ、どのようなところがそのように」

と、喜左衛門が身を乗り出し、十兵衛も先を知りたいと左馬之介を見た。

「すぐに寺から抜け出ることがあり、探らせておりましたところ……」

勿体《もったい》をつけるようにひと呼吸おくと、左馬之介は口を歪《ゆが》めた。

「多淫《たいん》が過ぎるのではと……」

「多淫?」

首を傾げた十兵衛に向かって、左馬之介はにやりと笑ってみせた。

「平たく言えば女漁《あさ》り。若い女の元へ通っている姿を確認した者がおります。流人の身で厚かましい話で。それに、どうやら他にも女をさらっているようで」

「女をさらう……」

それを聞いた新次郎が驚いた顔になった。

「それがまことなら、ひどい話だが」

と、喜左衛門が先を促した。

「はい。おっしゃる通りで。恥ずかしながら、ここのところ、ご城下で人さらいが横行しておるのは事実にて。忠輝公が来てからだともっぱらの噂にて、やはりそうだったのかと」

「ならば、九鬼どのはなぜひっ捕らえようとなさらぬのであろうか」

十兵衛の問いに左馬之介は、我が意を得たりと膝《ひざ》を叩《たた》いた。

「それ。それでございますよ。私もそこが不思議にて。我が殿は時機を計っておいでなのだとは思いたいのですが。まぁ流罪になったとはいえ、幕府からお預かりしている将軍家弟君ですので、そうそう手荒なこともできぬということかもしれず、困ったもので」

左馬之介は十兵衛を上目遣いで見た。

「とにかく、まぁ、そのようなことですので、金剛證寺にお近づきにならぬ方がよいのではないかと思うたまでです。若君に何か禍《わざわい》が起きてからでは、柳生さまに申し訳が立ちませぬし」

「うむ。そういうことならば諦《あきら》めるか」

と、十兵衛はあっさり応じた。

「はい。それがよろしゅうございますよ」

左馬之介はにこやかに応じた。

「ああ、参詣が済み次第、柳生の里に向かうことにしよう。堀之内どの、お話、参考になりました。かたじけない」

「いえいえ、この程度のこと、お役に立てれば幸いにございます」

和やかなうちに、その日の夕餉《ゆうげ》は終わったのであった。

「まこと、すぐに柳生の里にお戻りに？」

左馬之介がいなくなってすぐに、新次郎が生真面目な顔でこう尋ねると、十兵衛は可笑《おか》しそうに笑ってみせた。

「まさか。真に受けるな。会わせたくないと読めたから、ああ応じたまでだ。あれほど悪しざまに言われたら、どんな人物か、余計に確かめたくなった。何やら胸が躍る。のう、じぃ」

十兵衛はどうだ、上手《うま》く対応しただろうと言わんばかりの顔をしている。

「ええ、楽しみにございますな」

と、喜左衛門は目を細めた。

「しかし、堀之内どのが言うように、危険が及ぶようなことになれば」

「新次郎は心配性だな。よいか、油断させて懐に飛び込めばよいのだ」

十兵衛は楽しみで仕方ない様子だ。だが、新次郎は心配性らしく苦言を呈した。

「しかし、一つ上手く行ったからといって、次も上手くいくとは限りませぬぞ」

「しかし、しかしとうるさい奴だなぁ。ああ、わかった、わかった。そうする」

十兵衛はそう答えながら、不服そうに肩をすくめた。そういうところはまだまだ子供だ。二人の様子を見ていた喜左衛門はあえて、厳しい顔をしてみせた。

「忠言耳に逆らえども行いに利あり。忠輝公がまこと噂どおりの鬼であれば、新次郎の言うとおり、一つの油断も命取りになりまする。鬼退治に慢心は禁物。新次郎の忠言、ようようお心に止めなされ」

十兵衛はまだ少し何か言いたそうな素振りを見せたが、やがて、小さく頷《うなず》き、新次郎に「すまぬ」と謝ったのであった。

三

伊勢神宮参拝を終えた十兵衛一行は、一旦《いったん》、大坂へ向かうと見せかけて、左馬之介の目を誤魔化し、朝熊山へと取って返した。

朝熊山の山頂にある金剛證寺は伊勢神宮の鬼門を守る寺として知られる。

創建は仏教が伝来した六世紀後半。天長《てんちょう》二（八二五）年には、弘法大師《こうぼうだいし》空海《くうかい》が真《しん》言《ごん》密教の根本道場を建て、本尊に福威《ふくい》知満《ちまん》虚空蔵《こくうぞう》菩薩《ぼさつ》を祀《まつ》り、勝峰山《しょうほうさん》兜率院《とそついん》金剛證寺と称した。

鎌倉《かまくら》時代、武士の世になると、仏地《ぶっち》禅師《ぜんじ》により真言宗から臨済《りんざい》宗に改宗され、臨済宗南禅寺《なんぜんじ》派の寺となった。公家《くげ》好みとされた真言宗に対して、臨済宗や曹洞《そうとう》宗といった禅宗は、質実剛健を旨とする武家に好まれたためであった。

「……さて、ようようつきましたな」

石段を登り、喜左衛門は一息をついた。

「さすがのじぃも疲れたか」

「まさか」

と、喜左衛門は笑ってみせた。

「ようございますか。ここでは爺《じい》さまとお呼びください」

「ああ、わかっている。俺のことは呼び捨てでよい。新次郎もな」

と、十兵衛は答えた。柳生の者と知られぬように、姫路《ひめじ》のご城下から伊勢参詣《さんけい》に来た祖父と孫兄弟を装うと決めていた。

「ご覧を。立派なものでございますね。さしずめ、鬼門を守る鬼でしょうか」

新次郎が、山門で睨《にら》みを利かす仁王像を見上げて声を上げた。

「だな。新次郎いや兄上、その言葉遣いはやめろ」

「あぁ、しかし……」

生真面目な新次郎には敬語をやめるのが辛《つら》そうだ。

「やはり私は御付きということで、お願いいたします。兄上とお呼びになるのもおやめいただければ……。私はこのまま御付きということで」

「うーむ。しかし、お前の苗字《みょうじ》を使うことにしたのに。まぁ、しょうがない奴だなぁ。ではそういうことで、爺さま、よいか」

「よろしいですか、だな、十兵衛」

と、喜左衛門がにやりと笑った。

「ああ、そうでありました。爺さま」

と、十兵衛が頷いたときのことだった。

「よいしょ、よいしょ」と掛け声とともに、長さ三丈（約九メートル）はあろうかという長い木材を何本も抱えた一団が山門に続く坂道を登って来た。作務衣《さむえ》を着ているからここの修行僧かもしれないが、頭を丸めてはいない。よほど遠くから運んできたのか、みな額に汗を滴らせている。

「よし、あと少しだ、頑張れ」

一番先頭で担いでいる男の声に、他の男たちが「おぉ」と呼応する。

「通りまする。すまぬが少しお下がりを。危のうござるぞ」

先頭の男が、十兵衛らにそう声をかけた。柔らかな深みのある声だ。大きく涼やかな目をしている。まだ二十代半ばか、たくし上げた袖《そで》から見える筋肉が逞《たくま》しい。

十兵衛らが道を譲ると、男たちはあっという間に駆け抜けていった。

「あれはいったい、何であろう」

「さぁ」

十兵衛の問いに新次郎は小首をかしげた。

「卒塔婆《そとうば》にするのだろうよ」

と、喜左衛門が答える。

「卒塔婆？　墓に立てるあの板のことか」

「こちらの奥の院には、それはそれは立派な卒塔婆が並んでおる」

喜左衛門は以前一度、訪れたことがあるのだ。

卒塔婆の語源は梵語《ぼんご》で「ストゥーパ」、仏舎利（釈迦《しやか》の遺骨）を納めた塔を意味し、故人や先祖を追善供養するために立てるものである。

「だとすると、先ほどの者たちはここの門徒か」

「うむ。おそらくは」

が、その推測が間違いであったことに、十兵衛らはすぐ気づくことになった。

本堂に至る池の脇で、先ほどの男たちが荷を降ろしていたが、そこにやって来た僧侶《そうりよ》がこう声をかけたのだ。

「忠輝さま、お手伝いかたじけのう存じます」

「なんの。これぐらい大したことではないわ」

そう笑みを浮かべ応じたのは、先頭にいた男であった。

「あれが忠輝……」

十兵衛は思わずそう呟《つぶや》いた。


「他に力仕事があれば何なりと申されよ」

有慶から労《ねぎら》いの言葉をかけられて、忠輝は笑顔で応じた。

「暇つぶしにはちょうどよい。のぅ」

と、忠輝は競兵衛ら家来たちに目をやった。

「はい」

と、競兵衛が頷いた。他の家来たちも頷いている。みな若い力を持て余しているのだ。座禅よりこういう力仕事の方が好きだという者たちばかりだ。

「いえいえ、もう十分にて。さ、一服なさいませ。茶を用意いたしましょう」

「おぉ、それはありがたい。では、そうさせてもらうか」

と答えてから、忠輝は自分たちを見つめている視線に気づいた。

先ほど山門にいた爺さまたちだ。

「ご参詣かな」

と、忠輝は彼らに声をかけた。

「はい」

と、老人が愛想よく笑って会釈をする。

「ご住職が茶を淹《い》れてくれるそうです。ご一緒にいかがか」

「……よろしいので」

構わないだろうと忠輝は有慶に目をやった。

「もちろん。どうぞご遠慮なさらず。本堂までお越しを」

と、有慶も笑顔でいざなった。


本堂で有慶が点《た》てる茶をゆっくり味わいながら、十兵衛は忠輝の様子をずっと窺《うかが》っていた。

忠輝は悠然と茶を飲み終わると、喜左衛門に話しかけ始めた。

「ご隠居たちは、どちらからお越しかな」

「姫路からでございます」

「ということは池田《いけだ》さまのご家中か」

「ええ。……いえ、かつてはということになります」

忠輝の問いに喜左衛門がそう答えた。

播磨《はりま》姫路藩は、白鷺《しらさぎ》城として知られる姫路城を有する四十二万石の大国である。城を現在の形に改修築城したのは、初代藩主の池田輝政《てるまさ》だ。

だが、この輝政は大坂冬の陣が始まる前年に死去してしまい、二代目藩主となった利隆《としたか》も、昨年三十三歳という若さで死去と不運が続いていた。

しかも家督を継いだ光政《みつまさ》が八歳と幼少であったことを理由に、今年になり、因幡《いなば》鳥取《とっとり》藩三十二万石へと減転封されてしまったのである。

「ご挨拶《あいさつ》が遅れて申し訳ございません。私は草間喜左衛門。我が家は初代さまの頃よりお仕えしておりましたが、この度の転封で禄《ろく》を辞することにいたしまして」

打ち合わせどおり、喜左衛門は新次郎の姓である草間を用いてこう名乗った。

減転封が行われると、そのままの禄で多くの家臣を雇うわけにはいかなくなる。それで、下級家臣の中にはそのまま前の土地に留《とど》まり、身分は武士であっても農地を耕すことで生計を立てる道を選ぶことがあった。

辞職勧告のようなものだが、特に不自然な話ではない。

「さようか。それは辛いな」

信じたのか、忠輝が呟き、競兵衛たちも頷《うなず》いた。

「ほんにお気の毒な」

と、口を開いたのは有慶であった。

「池田さまにはこの本堂建て直しの折、まことにご尽力いただきましたものを」

臨済宗は武家に好まれたが、徳川家康もその例にもれず、幼少期に学んでいる。

そのため、徳川幕府との縁も深かった。

この金剛證寺に対しても幕府は手厚く庇護《ひご》しており、本堂摩尼殿は焼失していたものを、八年前に家康が池田家に命じて建て替え修繕させていたのである。

「はい。そのこともあり、死ぬ前にもう一度見ておきたいと思いまして。……ああ、これは末の孫で十兵衛、それと新次郎にございます。じじいの伊勢詣《もう》でについてきてくれております」

喜左衛門の紹介に合わせて、十兵衛と新次郎が会釈をした。

「さようか。こちらこそ挨拶が遅れたな。我らはこちらでお世話になっておる松平の者だ。聞き及んでおるだろう？　鬼っ子が流されて来たと」

と、忠輝は自嘲《じちょう》気味に笑ってみせた。

「えっ、では松平忠輝さま」

初めて知ったように、喜左衛門は慌てて平伏してみせた。十兵衛と新次郎もそれに続いた。

「やめてくれ。よいのだ。茶の湯の席では身分の上下はない。ましてや私は今、流罪の身だ。どうか顔を上げてくれ」

と、忠輝は喜左衛門らを気遣った。

「ありがたきお言葉。では遠慮のう」

と、喜左衛門は十兵衛を促し、共に顔を上げた。

「松平さまもご不自由なことでございましょう」

「まぁな。だが、ここはここで楽しい」

と、忠輝は微笑み、十兵衛に目をむけた。

「その方は幾つだ？　じき元服か？」

「いえまだ。十一にございます」

「そうか。大きい方だな。どうだ、旅は楽しかろう」

「はい」

と応じてから、十兵衛は頭を下げた。

「先ほどはまことに失礼いたしました。まさか松平さまが力仕事をなさっているとは思わず」

「ああ、あれか。あれなど力仕事には入らぬ。ここで、じっと座禅を組んでいては身体がなまってしょうがないからな。薪割《まきわ》り競争をすることもあるのだ」

「薪割りもなさるので」

「ああ、若いうちの苦労は買ってでもしろという。私はできなかったから、今やっている。十兵衛と言ったかな。おぬしは今の内に苦労をしておけ。きっとよい仕官先が見つかるであろうから」

「は、はぁ……」

「さてと、我らはもう少し鍛錬でもしておくかな。……有慶どの、旨《うま》い茶であった。ではゆるりと過ごされよ」

忠輝はそう告げて、家臣らを伴って席を立とうとした。

「あのぉ、よければ私もご一緒できませぬか」

と、十兵衛は忠輝に願い出た。

「ん？　我らと鍛錬をか？」

「はい。爺《じい》さま、よろしゅうございましょう」

十兵衛は喜左衛門にも同意を求めた。

「それはもう。もしよければ、こやつを鍛えてやっていただけませぬか。剣術が何より好きな者でして……」

「では私もご一緒に」

と、新次郎も忠輝を見た。

「そうか……それは別に構わぬがな。怪我をしても知らぬぞ」

忠輝は大丈夫かと笑いかけてくる。

「はい。お手合わせ願えるなら喜んで」

と、十兵衛は答えた。


「えい、やぁ」

木刀を手にした十兵衛は、忠輝目がけて、まっすぐに突っ込んできた。

うむ。なかなか、よい筋だ——。

忠輝は軽々と躱《かわ》しながらも、その腕前の確かさにうなった。

十一歳だと言ったが、太刀筋、間合いの詰め方、力強さ、いずれも家臣の者に負けていない。

子供だと侮っていては、すぐにやられてしまうだろう。それほどに強い。

忠輝が軽くいなすと、ますます食いつくように挑みかかってくる。

負けん気の強さも相当なものだ。自分がこの少年と同じ年ごろ、こんな風にみなに突っかかっていたことを思い出し、忠輝の口元が緩んだ。あの時の自分は大人を全て打ち負かしてやると息巻いていたものだった。

と、その刹那《せつな》、隙ありと見たのか、十兵衛が鋭く大上段に構えた木刀を振り下ろしてきた。

「やぁ」

ガツンと木刀がぶつかり合った。真剣なら火花が散るところだ。

競り合いを避けて、パッと後ろに飛んで離れた十兵衛は、次に木刀をだらりと下げて、ゆったりとした構えに移った。つま先を少し浮かせ、するすると動きながら、こちらの出方を計っている。この緩急の付け方といい、柔軟な身のこなしといいやはり並みの剣士ではない。

うむ。これはもしや……。

忠輝は十兵衛が新陰流《しんかげりゅう》の薫陶を受けていることに気付いた。

新陰流の奥義の中に、「無形の位」と呼ばれる構えがある。

刀を持った手をだらりと下げて、敵の前に立ちつくす。無防備なように見えて、実はいかなる攻撃に対しても瞬時に自由自在に対応できるというものだ。

今の十兵衛の構えはまさしくそれだ。

忠輝自身、幼少の頃から、奥山神影流《おくやましんかげ》の祖、奥山休賀斎《きゅうがさい》を師と仰ぎ、武芸全般を学んでいた。休賀斎は新陰流の祖、上泉伊勢守秀綱《かみいずみひでつな》に学び、新陰流四天王の一人として知られた達人であり、同じ門下生には柳生宗矩の父、石舟斎がいた。

周りの家臣たちもはじめ笑みを浮かべて見つめていたが、忠輝が本気になったのを感じ取ったのか、みなの顔つきが変わってきた。

「お、こいつは出来るな」と頷《うなず》き合う者もいれば、無駄のない足のさばき、流れるような身のこなし、そして、闘志を秘めた眼差《まなざ》しに、感心したように吐息を漏らす者もいる。

さぁ、次はどうする気だ、かかってこい——。

忠輝もまた、木刀を構え直した。

楽しい。楽しくて仕方がない。なんなんだ、この人は——。

忠輝と対峙《たいじ》しながら、十兵衛は今まで感じたことのない高揚感に包まれていた。

剣を交えながら、これほど気持ちが高ぶったことはない。

いくら攻めても忠輝は揺らがない。迷いがなく、堂々としている。目先のことに惑わされることがない。真っ直ぐな剣だ。

今まで打ち合った者たちよりとてつもなく強いのは確かだ。けれど、けっしてこちらを子供だと馬鹿にはしていない。きちんと受け止めてくれるのがうれしい。

このままずっと打ち続けていたい——。

剣を交えているというのに、十兵衛は身体の内に痺《しび》れるような多幸感が溢《あふ》れ、まるで母の胸に抱かれているような心地よさに包まれていくのを感じていた。

だが、それもそこまでだった。

「えええぃ」

十兵衛がありったけの力を込めた一撃を忠輝はまるで柳が風になびくように、やんわりと流した。

「えっ……」

あっけなく感じるほどの柔らかな対応に十兵衛が戸惑いを感じた次の瞬間、十兵衛の木刀は宙を舞っていた。いつ、弾《はじ》き返されたのか、それすらも感じ取れないほどの素早さであった。

さらにその木刀は地面に落ちる前に、忠輝が摑《つか》み取っていた。

完敗だ。

「なぜだ……」

思わずそんな声が出て、十兵衛は慌てて、頭を下げた。

「申し訳ございません」

忠輝が微笑みながら、近づいてきた。

「よいのだ。負けたのが悔しいか」

それはもちろん悔しいに決まっている。だが、負けて清々《すがすが》しくもあった。

「……いえ、そのような。勉強になりました。ありがとうございます」

神妙な顔で応《こた》えた十兵衛に向かって、忠輝がいたずらっぽく笑った。

「お前も鬼っ子だな」

「えっ……」

「強い。まるで私の子供の頃のようだ」

と、忠輝は爽《さわ》やかな声で笑った。

その夜、十兵衛らは金剛證寺の宿坊に泊まることになった。

「これから、どうなされるおつもりで」

「……うむ」

喜左衛門からの問いに、十兵衛は唸《うな》ったきり、返事ができずにいた。

鍛錬で汗を流した後も、十兵衛はその日一日、忠輝について回った。

忠輝は、共に過ごしたいと言う十兵衛の願いを快く承諾してくれたばかりか、有慶に頼んで宿坊に部屋も用意してくれた。

そうして半日共に過ごしたのだが、十兵衛が一番驚いたのは、忠輝やその家臣たちの明るさであった。修行僧たちと同じように生活を粛々とこなしているのだが、そこに暗さも辛《つら》さも感じさせない。

改易されて家を失い、囚《とら》われの身であるのに、みなそのことを忘れているのか、穏やかで優しい笑顔の持ち主だ。

十兵衛もそうだった。なぜか笑みがこぼれる。一緒にいるのが楽しいのだ。

なぜだ。

なぜなんだ。

忠輝は誰に対しても、分け隔てなく接する。それは家臣であろうが、他の修行僧であろうが、年配の者に対しても、まだ若い入門したばかりの僧に対しても変わらない。

もちろん、十兵衛たちに対しても同じだ。まるで旧知の人のように、遠慮なく、すんなりと人の懐に入ってしまう。それはもう絶妙な間合いだというしかないほど自然で、心地よいものだ。

だからだろうか。一緒にいると、清々しくうれしい心持ちになってくるのだ。

「……不思議なお人だ」

そう十兵衛が呟《つぶや》くと、喜左衛門も頷いた。

「なぜ、あのように、みなさん笑っておられるのでしょう」

と、言ったのは新次郎だ。

新次郎も不思議でならないのだろう。

「あの方は本当に鬼なのでしょうか」

そう問いたいのは、十兵衛も同じくだ。

父上や堀之内左馬之介が語る忠輝像とはあまりにも乖離《かいり》している。

俺は騙《だま》されているのか。

それとも、見誤っているのか。

とにかく、今日一日のことだけで、断定してしまうのは早計な気がする。

「……もう少し、ここに留《とど》まり、様子を見てみたい」

十兵衛がそう告げると、新次郎が驚いた顔になった。

「しかし、長居をすると、柳生であることが知れませぬか」

「だが、側におらぬと、本当のことは何もわからぬ気がする」

本音を言うと、忠輝の側にもっといたい。しかし、それを認めるのは癪《しゃく》だった。

「なるほど、それもよろしゅうございましょう」

と、喜左衛門が頷いた。

「しばらくここで修行をしたいと、ご住職に相談なさっては」

「では私も」

新次郎は十兵衛の側から離れぬつもりだ。

「うん。じぃはどうする？」

「私は……しばらくこの辺りの湯治場で養生ということにして、伊勢の町を見て参りましょう。人さらいが本当にいるのかも気になりますし」

十兵衛の問いに喜左衛門はこう答えたのだった。

第四章　美禰の危難

一

「ご無沙汰《ぶさた》をして、どないです？　落ち着かれましたか」

その日、伊勢に暮らす美禰たちの元に、珍しい客人が現れた。

月国が打った刀の拵《こしら》え一切を請け負っていた奈良屋甚右衛門《ならやじんえもん》である。

刀は専門の研師、刀身彫刻師、鞘師《さやし》、塗師《ぬし》、刀身の根元を固定する鎺《はばき》を作る白銀《しろがね》師《し》、鍔《つば》や目貫《めぬき》など金細工を作る金工師、握り手の柄《つか》に装飾的な紐《ひも》巻きを施す柄巻師《つかまきし》……と様々な人の手を経て仕上がる。

奈良屋は元々神社仏閣の錺《かざり》細工や刀剣を商っていたのだが、先代の頃から、細工職人たちの元締めもするようになった。

甚右衛門の代になって、さらに商売を広げている。彼は月国よりは二十ほど若く男盛り。女癖が少々悪いのが難だが、商才は見事なもので、よく気も回り、月国はこの男を息子のように可愛がってもいた。

「おお、よう来てくれた。まぁ、上がれや」

月国はうれしくてならない様子で、甚右衛門をいざなった。

「まぁまぁ、甚さん、お変わりなく、お仕事ですか」

と、おつかも久しぶりの客がうれしくてならない様子だ。

「ええ、ちょいと、こちらで会合がありましてね。おつかさんにも会いたかったし」

と、甚右衛門は愛想がよい。

「どうせ伊勢の女に会いに来たついでやろ」

「へへ、ばれたか。よかったら、今度お連れしますわ」

月国の嫌味を如才なく躱《かわ》すさまも慣れた調子だ。

「いらっしゃいませ。ご無沙汰しております」

「おっと、これは……」

甚右衛門は、女のなりで現れた美禰を見て、驚きを隠せない様子で、しばし唖然《あぜん》となった。

「おじさん？」

「ああ、いや……あんたがほんまに鋒国かいな」

甚右衛門は眩《まぶ》しそうに目を細めた。

「……なんとまぁ、変われば変わるものだ」

「いえ、まだまだお転婆で」

と、おつかが首を振り、美禰は恥ずかしそうに微笑んだ。

「……あのぉ、魁《かい》は元気にしていますか」

「あぁ、この前様子を見に行ってきたけれど、何とかやっているよ。あ、そうそう、お前さんへの便りを預かってるんだ」

と、甚右衛門は懐から文を取り出した。

甚右衛門の息子、魁は美禰の幼馴染《おさななじみ》だ。彼は今、奈良屋の江戸店を作るために修業中だ。

「何て？　元気にやってるって？」

美禰は手紙を後で読もうとしまいかけたが、おつかは早く読めとうるさい。

「うん……え〜っと。うん、元気だって。ほら、おつかさんもお元気ですかって書いてある」

「まぁ、ありがたいこと」

美禰とおつかが魁の手紙に夢中になっているのを横目に、甚右衛門は月国に折り入って話がしたいと耳打ちした。

「……できれば二人で」

「おお」

頷《うなず》くと、月国は甚右衛門を自室へいざなった。

「……はぁ、やっぱりもう刀は打たんのですねぇ」

何もない殺風景な部屋を見渡し、甚右衛門は少し悲しげにため息をついた。

「そのことやったら、もう儂《わし》は」

「お体のことがあるから、仕方ない。それはもうようようわかっています。諦《あきら》めもついてます」

「うむ？　それやったら、何や」

「実はその……先日、江戸へ行った折なんですが、気になることがありまして」

「気になること？」

「はい」

月国の問いかけに甚右衛門は少し声を落として、身を近づけた。

「こんなことをお訊《き》きするのもなんやけど、千ちゃんの嫁のことです」

千ちゃんとは千国《せんくに》、月国の息子で美禰の父のことである。

「確か椿《つばき》という名やったかと。死んだと伺いましたが、あれはほんまにそうですか」

甚右衛門の問いに、月国は怪訝《けげん》な顔で問い返した。

「あぁ、なんで今さらそんなことを」

「実はこの前、品川宿《しながわしゅく》で見かけたんですわ、そっくりな女を。首筋にちょっと色っぽいホクロがあったでしょ」

だから覚えていたのだと、甚右衛門は首に指をやった。

「それにさっき、美禰ちゃんを見て、ほんま驚いたんですわ、よう似てきたと」

女好きの甚右衛門の目は誤魔化せない。

実は美禰を男として育てているときにも本当は女なのではないかと怪しんでいる節があった。ただ、甚右衛門は、月国の刀匠としての技術を守ることを第一に考え、問い詰めることも荒立てることもしなかった。家族にも誰にも漏らさず知らぬ顔を通してくれたのだ。それもあって、月国は甚右衛門を信頼していた。

「……まさか、他人の空似やろ」

と、月国はそっぽを向いた。

「そうですか。やっぱりなぁ。すんません。あの女を見てから、千ちゃんが生きていたらとか、そんなことばっかり考えてしもうて」

甚右衛門は千国とは歳が近いこともあり、仲が良かった。

「あの女が里に来なんだら、千ちゃんもあないなことにはならんかったの違うかと、そしたら、今頃、一緒に仕事ができてたん違うかとか、そんなことを」

「うむ……」

月国は渋い顔になった。

「まぁな。けど、あの女がおらんかったら、美禰ちゃんも生まれてないわけやし、すんません、変なこと言うて」

と、甚右衛門は謝った。


その日の夜、甚右衛門が帰ってから、月国は一人縁側に座り、夜空を見上げていた。

家の奥では、おつかと美禰が何やら楽しそうに笑い声を上げている。

「おぉ……なんとよい月だ」

長く鍛冶場《かじば》で炎を見続けたせいか、月国の目は衰え、実のところ、星を見分けることが難しくなっていた。明るい月の光だけははっきり見える。

「……椿……か……」

そう呟《つぶや》くと、月国は目を閉じた。

椿は美禰を産んだ女の名だ。

彼女はある日突然、大峯の麓《ふもと》にあった鍛冶場にやって来た。関ヶ原の戦の少し後のことだ。道に迷い、足にひどく怪我をして動けなくなっていた彼女を千国が負ぶって帰って来た。

当時は戦に巻き込まれて家族を失う者が多かった。

おつかも夫と息子を失い、今では考えられないほどに落ち込み、鬱々《うつうつ》とした顔で大峯に戻って来ていた。月国の妻は病気で死に、月国と息子の千国、そしておつかの三人は肩を寄せ合うように暮らしていたのだ。

椿がどこから来たのか、どこへ行くつもりだったのか、今となってはよくわからない。彼女もまた戦に巻き込まれ、独りぼっちになったのだと思われた。

とにかく見捨てておけず、怪我をしていた椿を手当てしして家に泊めることにしたのだ。

やがて、傷が癒《い》えてからも椿は世話になった礼だと言ってそのまま居続けた。

行く宛てがないのだろう。そのときはそう思っていた。

「好きなだけいたらいい」そう答えた気がする。

すると、椿は甲斐甲斐《かいがい》しく家事をこなし、いつしか家族のように暮らすようになっていった。

まるで鶴の恩返しのようだと笑ったことを、月国は思い出した。

笑顔が愛らしく優しい女で、おつかも妹が出来たように喜び、笑顔が増えていったし、若い千国が椿に惹《ひ》かれるのも無理はなかった。二人が夫婦となり、鍛冶場を継いでくれることを月国もおつかも望んだ。

やがて望み通り、千国は椿と一緒になり、すぐに美禰が産まれた。

慶長《けいちょう》六（一六〇一）年のことだ。夫となり親となった千国はなお一層仕事に力を入れるようになり、しばらくは一家にとって平穏な日々が続いていた。

それが破られたのは、たしか、美禰が三歳になった春のこと。

今夜のような美しい満月の夜だった。

月国はおつかと共に京での用事を済ませ、帰路についていた。

可愛い孫の美禰のために玩具《おもちゃ》を買い、いつもよくしてくれる嫁の椿のためには柘《つ》植《げ》の櫛《くし》を土産にし、二人が喜ぶ顔を思い浮かべながら夜道を急いでいた。

だが、家に近づくと、何やら胸騒ぎがした。いつもなら家の中から漏れてくるはずの灯《あか》りや話し声がなく、しんと静まり返っている。

怪訝に思いながら、一歩中に入ると、違和感はさらに増した。血の匂いがしてきたのだ。

「あにさん……」

怯《おび》えた表情を浮かべたおつかを気遣いながら、奥へと進んだ。

次の瞬間、ひぃとおつかが息を呑《の》んだ。

目を凝らすと、血の海の中に、息も絶え絶えで倒れている千国がいた。

「おい、しっかりしろ、千国」

慌てて駆けより、抱き起こすと、千国はうっすらと目を開けた。

「すみません。ああするしかなかったんです……どうか、椿を、椿を許してやってくだされ」

それが千国の最期の言葉だった。

何が起きたのか、誰にやられたのか、ああするしかなかったとは何のことか、なぜ椿を許せと言ったのか、何もわからないままであった。

椿の姿はなく、美禰もいない。

「美禰、椿、どこや、どこにおるんや」

おつかと二人して、必死になって呼びながら、あちこち捜し回った。ようやく裏の小さな祠《ほこら》の中に隠れていた美禰を見つけた。

「かかさまは？　どこに行った？」

いくら訊いても、美禰は怯えるばかりで答えることができなかった。よほどの恐怖があったのか、声を失っていたのだ。

ただ、美禰は小さな紙きれを握りしめていた。そこには、「どうか、美禰を頼みます」と、書かれてあった。椿の文字だった。

必死に看病した甲斐あって、美禰は言葉を発するようにはなったが、その夜何があったのか、父や母のことも全て忘れ去っていた。

それからしばらくして、甚右衛門から確認して欲しいものがあると、刀が一振り持ち込まれた。

「実はこんなものを手に入れまして……ちょっと見ていただきたくて」

「……おお、これは千国が打ったものやな」

名のある刀工はみな、柄《つか》に納まる茎《なかご》部分に自らの銘を刻むが、月国は鞘《さや》から抜き払い、刃文を見るなり、そう断言した。だいたいが千国にはまだ銘を打つ許可を与えていない。以前、試しに一人で打たせたものだろうと言って、甚右衛門に返したが、彼は苦渋の表情を浮かべ、柄を外して茎を見せた。

「……どういうことや」

月国は独りごとのように呟いた。

そこには月国と銘が入っていたのだ。

自分の名を千国が騙《かた》ったというのか……。

「月国のまがい物が出ることは稀《まれ》にあります。けれど、これはあまりによう出来てたんで。……何で千ちゃんはこんなことをしたのか」

甚右衛門は苦渋の表情でそう呟いた。

「どこで手に入れた？　売主はまさか、千国からこれを」

手に入れたのかという月国の問いに甚右衛門は首を振った。

「京の楽市で。売主は、落ち武者狩りをしている者から十把《じっぱ》一絡《ひとから》げで買い取った品だと申しておりました」

「すまんがこれはうちで買い取らせてもらいたい。いくらなら譲ってもらえる？」

「そんなご心配は要りません。どうぞお返ししますのでお好きなように」

「しかし……」

「ええんです」

と、甚右衛門は頷《うなず》いた。月国の恥になるようなことは隠そうと思ってくれたに違いなかった。

「ただ、一つ伺いたいことが、椿さんはあの後、行方知れずと聞いています。千ちゃんが亡くなったのと、このことは何か関わりがあるんでは」

「……いや、あれも死んだ」

そのとき、月国の口をついたのは、椿は死んだという嘘であった。

「えっ……」

「死んだ。椿はもうこの世にはおらんのや」

自分に言い聞かせるように月国はそう言って、甚右衛門にそれ以上何も言わせなかった。

この時、月国は、この贋作《がんさく》が千国の命を縮めたのだと直感していた。

その頃、月国の刀匠としての腕は絶頂期を迎え、仕事の依頼は増すばかりになっていた。しかし、月国はどんなに大金を積まれても、気に入らぬ仕事は受けないのを信条にしていた。

霊力を帯びるのは、全身全霊を込めて命を削って打つからに他ならず、さらに言えば、刀を遣う持ち主の器量が大きく影響する。

刀は人を斬るものではなく、守るもの——これを理解しない相手の仕事はしてはならない。それは、千国にもよく言い聞かせていた。

だが、思い返せば、少し前から、千国の様子がおかしかった。

ものづくりの中で、職人が不安や焦《あせ》りを感じることは多い。刀造りを極めるための試練として、それは一人で乗り越えるべきものだと、月国はそのとき勝手に解釈していて、相談に乗ることも敢《あ》えて避けていた。

――すみません。ああするしかなかったんです……どうか、椿を、椿を許してやってくだされ。

千国の最期の言葉が思い起こされた。

おそらく千国は何らかの理由があって、贋作を強要されたのだ。

そこに椿が深く関わっているのも明白だろう。だからこそ、彼女は姿を消したのだ。しかし、そのとき感じたのは怒りよりも深い悲しみであった。だから咄嗟《とっさ》に嘘をついた。

おつかには贋作のことは言わなかった。

そうでなくても、彼女は、幼い子を置いて姿を消した椿を悪女だと決めつけて、千国は椿に殺されたと妄想するようになっていた。これ以上、刺激することなく、椿は死んだことにした方がいいと、月国は考えたのであった。

あのときのことをまた思い返すことになろうとは……。

月国はふーっと大きく息を吐いた。


「じじさま……」

そろそろ布団を敷こうかと、部屋に入って来た美禰は、縁側にいる月国に声をかけようとして躊躇《ためら》った。

何か物思いにふけっているのだろうか。月国の姿はとても寂しそうだ。

夕餉《ゆうげ》もあまり口にしなかったし、身体の調子が良くないのかもしれない。

「ん？　ああ、美禰か」

気配に気づいたのか、月国が振り返った。大好きな優しい笑みだ。

「そろそろ、寝支度をと思って」

美禰はわざと明るい声を出し、月国の背中をさすり始めた。

「近頃、胸の痛みはない？」

「……ああ、大丈夫や。すまんな」

「目は？」

「まぁ、ぼちぼちやな」

「そういえば、魚の目玉がええそうやって。おつかさんが言うてた」

「そうか。そういえば、この前の貝、旨《うま》かったな。ほれ、海女《あま》の娘さんが持ってきてくれた」

千夏がくれた鮑《あわび》のことだ。

「うん、わかった。明日《あした》買ってくる。楽しみにしてて」

同じ頃、十兵衛は忠輝と共に、金剛證寺の宿坊から月を見上げていた。

あれから、何日か一緒に過ごしたが、知れば知るほど、忠輝を鬼とはどうしても思えずにいた。

「……忠輝さまのお刀は、鬼切丸よりも強いと伺いました」

十兵衛は、今日の昼間、家来たちが話していたことを訊《き》いてみた。

「見たいか」

「はい。できれば……」

「うむ。その前に……忠輝さまと呼ぶのはやめろ。私は介と呼ばれるのが好きだ。親しい者はみな私のことを介と呼ぶ」

「……介さま」

口に出した瞬間、十兵衛は何とも幸せな心地になった。親しい者だと認められた――そう思えたからか。

「うん、それでよい」

そう微笑んでから、忠輝は腰の刀を取り、両手で持ち直した。そうして、目の高さまで掲げてから厳かに一度拝んだ。流れるような美しい仕草だ。

「……抜苦与楽《ばっくよらく》……」

囁《ささや》くように呟《つぶや》くと、忠輝は鞘《さや》から刀をそっと抜き払った。

月の光を受けて美しい刃文が刀身に浮かび上がる。

「あっ……」

その瞬間、十兵衛の口から思わず声が漏れた。何かが抜け出していったような不思議な感覚があり、同時に辺り一面の氣《き》が変わったのがわかったからだ。

目を見開き、刀をみつめる十兵衛を見て、忠輝が穏やかな笑みを浮かべた。

「持ってみるか」

「……よろしいのですか」

「あぁ」

と頷き、忠輝はいとも簡単に十兵衛に刀を寄越《よこ》した。子供とはいえ、大切な、それも抜き身の刀を預けるなど、普通は考えられないことだ。

なんと無防備な。敵かもしれない相手なのに。

試されているのか、それとも……。

「さぁ」

促されるままに、刀を手にした途端、ずしりとした重みと同時に、凄《すさ》まじい氣が指先から怒濤《どとう》のように押し寄せてきて、十兵衛はごくりと、唾《つば》を呑《の》み込んだ。

こんな経験は初めてだ。

刀身にこれまで見たこともない、驚きに満ちた自分の顔が映り込んでいる。

まるでお前は私に相応《ふさわ》しいかと、刀に問いかけられているようだ。

むやみに扱うことを拒絶している刀だ。

これが、鬼切丸よりも強い刀なのか……。

「月国という匠《たくみ》がおってな。どうしても打って欲しいと願ったのだ。だが、最初は相手を打ち負かすために欲しいなら打たぬと断られてな」

「介さまのお頼みを断ったのですか」

「あれは頑固者なのだ」

と、忠輝はいかにも可笑《おか》しそうに笑った。

「なぁ、十兵衛、刀を持つのは戦うためと思うか」

「はい。それ以外に何がありましょう」

「では、お前は何と戦う？」

「それは……」

十兵衛の脳裏に、去年、初めて将軍秀忠に目通りをした際の光景が浮かんだ。

あの折、秀忠から「そなたの目指す剣は何か」と問われ、十兵衛は「悪鬼を絶ち、天下をお救いするため」と即答した。

だが、今、同じように答えてよいものか、躊躇われてならない。

あのときはそう答えるのが皆の度肝を抜くことだと考えていた。悪鬼とは何なのか。救いとは何なのか。何も深く考えてはいなかった――。

そう気づいた途端、恥ずかしさに居たたまれない気になった。

答えに詰まった十兵衛に対して、忠輝は優しく微笑んだ。

「そのとき、月国は私にこう教えてくれた。刀は人を傷つけるものに非《あら》ず。慈悲の力にて苦難を去らせ、幸いを世にもたらすために使うものだと」

「……苦難を去らせ、幸いを世にもたらすため」

「ああ、それを『抜苦与楽』というのだ。私は強くありたい。だが、そのために人を傷つけるとしたら、それは私が目指す強さではない。だから、この刀を抜くときには唱えて、己を戒めている」

抜苦与楽……刀を抜くときに唱えたのはその言葉だったのか――。

十兵衛はようやく刀から目を離すことができたが、喉《のど》はからからに渇いていた。

「……ありがとう存じました」

なんとかそう礼を述べて、十兵衛は丁重に刀を忠輝に返した。

忠輝は刀を鞘に納めながら、こう問いかけてきた。

「十兵衛も強くなりたいか」

「は、はい」

「ではなぜ強くなりたいのか。そのことはようよう考えねばならぬ。何のために刀があるのか。力を持つということはどういうことなのか。もっと言えば、自分が目指すものは、刀を持たねば成すことが出来ぬのか」

「剣によって、自分が目指すもの……」

「そうだ。簡単には答えは出まい。だがそれでよい。十兵衛なりに答えを求め続ければよい。剣の道を極めるとはそういうことだと私は思う」

忠輝の言葉一つ一つが十兵衛の胸に深く染み渡っていた。

十兵衛と別行動をとった喜左衛門は、薬売りに身をやつして、伊勢の町を探索してまわっていた。

二

「え〜、さてや不思議や不思議。取り出《い》だしたるこの薬、どんな痛みもぴたりと止める。子供の夜泣き、疳《かん》の虫、腹の痛みに歯の痛み、何でもござれの妙薬じゃ。その名も天宝解毒丸《てんぽうげどくまる》。熱があってもぴたりと止まる。さても不思議な妙薬じゃ」

通りで荷を広げ、少し面白おかしく拍子をつけて口上すれば、すぐに人は集まって来る。

薬は柳生の里で古くから伝わるもので、実際よく効く。薬売りなら、町のどこにいても目立たないし、遊女屋、商家、大名屋敷でも出入り自由だ。武家のなりをしているよりも人々と気楽に話ができ、噂話を聞きこむには最適なのだ。

「一つおくれ。お代はこれでええか」

「へぇ、ありがとうさんで。ああ、そういえば、近頃、若い女がさらわれることがよくあるそうですな」

「そうなんや。怖いことやで」

「うちの宿の客も帰ってこんのよ。若い女ばっかり狙ってるらしいわ」

「だいたい若い子が一人歩きするんがようないわ」

「知ってるか。鬼の仕業らしいで」

「鬼？　わしは鬼っ子やと聞いたぞ」

集まって来た客に少し話を振ると、噂好きな者たちが、ああでもない、こうでもないと勝手に盛り上がり始めた。

「鬼っ子いうたら、流されて来た殿さんのことか」

「よう知らんけど、山におる鬼っ子が若い女を食らうらしいわ」

「違う違う。山やのうて、海や」

「海？」

「そうや。鬼が棲《す》むのは島に決まってるやろ」

「どこに鬼ヶ島《おにがしま》があるっていうんや」

「鷲ヶ浜《わしがはま》の漁師が言うてたんや。夜中に沖へ出ていく船があってな。若い女の泣き声がしてたって、鬼が連れていきよったんや、あれは」

「それは、トモカヅキでも見たのと違うんか」

「トモカヅキは海に潜る女を引きずり込むんや。船には乗せんわ」

どこで話を聞いてもだいたいがそんな話で終わる。

実際、鬼を見た者はおらず、大江山《おおえやま》と桃太郎の鬼退治の話、それに伊勢の海に出るという妖怪《ようかい》の話がごちゃごちゃに入り混じっているようだ。

ただ、伊勢の町で人さらいが横行しているのは事実のようで、若い娘、特に伊勢参りなどで遠方からやってきた女が狙われることが多いという話であった。

金剛證寺には女たちの影もかたちもなかったことを思えば、船でどこかへ連れ去られたという話は本当かもしれない。鷲ヶ浜の漁師に詳しい話を聞きに行こうか、それとも遊廓《ゆうかく》に売られた女がいないか聞きこみした方がいいか——。

喜左衛門がそう思案しつつ、荷をしまって歩きだしたときであった。

「あの、薬売りさん」

と、声をかけてきた娘がいた。

愛嬌《あいきょう》のある黒目がちの大きな目が印象的な娘だ。小豆《あずき》色の小袖《こそで》が色白の肌に良く似合っている。

「へぇ、何でございましょう」

「お持ちのそのお薬は、心の臓の痛みにも効きますか」

「はい。効きますよ。あのぉ、あんさんがお悪いんで？」

娘は若さと気力に溢《あふ》れ、艶《つや》やかな髪と肌をしている。とても病人には見えない。

「いいえ、うちのじじさまに」

そう言って微笑む顔は愛らしい。

「さようで。では痛みが出たときにこれを一粒、飲ませて御覧《ごろう》じろ」

と、喜左衛門は薬包みを手渡した。

「おいくら？」

「十万両」

少しからかったら、娘は目を丸くして驚いた。その顔も可愛い。こんな孫娘がいたら、さぞや毎日が楽しいことだろう。

「冗談、冗談。お試しにお使いあれ。じじさま孝行の娘さんへの褒美だよ」

「もうぉ、びっくりした」

と、娘は少し軽く喜左衛門を睨《にら》んでみせた。が、すぐに「ありがとう」と素直に礼を言って、薬包みを受け取った。

「効き目があったら、次は買いに来ますね」

娘はそう言って、もう一度礼をしてから、踵《きびす》を返した。

「人さらいが出るそうな。気をつけてお帰りなされ」

「薬売りさんも」

手を振って、元気よく娘は走り去っていく。

「薬売りさんも、か……」

人さらいがこんな爺《じい》さんをさらいに来るものかと苦笑いをしつつ、喜左衛門は愛らしい娘の後ろ姿に目を細めていた。


「おかしな薬売りさん……」

と、独り言を呟《つぶや》いて、美禰は思い出し笑いをした。

通りに出たところで、薬売りの楽しそうな口上に引き寄せられたものの、「鬼っ子」とまた、介さまの悪口が聞こえてきて、それ以上近づくことができずにいた。

それでも、痛みに効くという薬が気になって仕方なく、客が去るのを待ってから、声をかけたのだ。

薬売りの冗談には驚いたが、「じじさま孝行の娘さん」と言われたのは、うれしかった。

良さそうな薬が手に入ったし、あとは貝や魚を買って帰るだけだ。

美禰は千夏と出会った海女《あま》小屋に急いだ。

「……あの、すみません。千夏さんは？」

暖を取っている海女に声をかけると、「千夏やったら、もう帰ったで」と言われてしまった。

「そうですか……あの、今日は、鮑《あわび》やサザエは獲《と》れたんでしょうか」

「うん。ぎょうさん獲れた。何？　欲しいんやったら、うちのを分けてあげよか」

優しそうな海女が、籠《かご》の中を見せてくれたが、できれば千夏から買いたいと美禰は思った。

あれから、千夏と会えていない。少し話もしたいし……。

「ありがとうございます。でも……あの、千夏さんのおうちはどう行けば」

「あぁ、ここから、すぐや。ちょっと待ちや。え～っと、今いるんがここで、あの子の家へは……」

と、海女は枯れ枝片手に、千夏の家の場所を砂に描いて教えてくれた。

「ご親切に。ありがとうございます」

礼を言い、教えてもらったとおりに浜から少し歩くと、古びた小屋が数軒、見えてきた。

「ここが……」

どうも様子がおかしい。

確か千夏は、家は代々続く網元で、裕福そうに言っていた。なのに、とても網元の家とは思えない造りだ。

魚が干されているから漁をする者が住んでいるのだろうが、壊れかかった板壁や穴の開いた屋根が修理もされずそのままなのも気になる。

教えてくれた人が勘違いしたのか、聞き間違えしたのか。それともどこかで道を間違えてしまったのだろうか。

戻って尋ね直した方がいいかもしれないと、踵を返しかけたときだった。

手前の小屋から男が出てきた。足が悪いらしく引きずっている。

美禰を見ると、小さく会釈をする。無精ひげを生やしてあまり身なりはよくないが、悪い人ではなさそうだ。

「あ、あの……すみません。この辺りに千夏さんという方の家はありますか」

千夏の名を出すと、男の顔が綻《ほころ》んだ。優しそうな笑みだ。

「千夏……あんさん、あいつの知り合いか」

「はい。ご存じなんですか」

「ああ、よう知ってる」

「よかった。ここからどう行けばいいでしょう」

「すぐ近くや。ついといで。ちょうどそこまで行くとこやから案内するわ」

「ありがとうございます。お願いします」

やはり親切な人らしい。美禰は男の後をついて行った。

三

「あぁ、介さま……」

忠輝の顔を見るなり、おつかがへなへなとその場に座り込んだ。

月国が「しっかりしろ」とおつかの背を撫《な》でる。

「どうした。何があった」

「美禰が……美禰が戻ってきませんのや」

うろたえているおつかの代わりに、月国が答えた。

「いつからだ。いつからいない」

「昼前に買い物に出たきり……もしかしたら人さらいに遭《お》うたんかもしれず」

「なにぃ」

夜になって、忠輝は秘《ひそ》かに金剛證寺を抜け出した。

供になったのは、競兵衛と十兵衛、そして新次郎の三人。十兵衛が月国に会ってみたいと言うので連れて出たのである。もちろん、美禰の顔を見たいというのもあった。

「一人で行かせた私が悪いんです」

と、おつかは泣き、月国は首を振った。

「違う。儂《わし》がまた旨《うま》い貝が食べたいとねだったからや」

「貝……海へ行ったのか」

「この前、ほら、介さまもおいでの時に来ていた千夏さんに分けてもらいに行くとそう言うて……」

ああ、あのときの娘かと、忠輝は頷《うなず》いた。

美禰は彼女のことを伊勢に来て初めて仲良くなった人だと話していた。

競兵衛が今にも駆けだしそうな素振りをみせたが、おつかがすぐに止めた。

「殿、私が」

「もう千夏さんとこは捜しに行きました。けど、今日は来てないとそう……」

　夕方になっても帰ってこない美禰を心配して、おつかは町や浜辺など、あちこち尋ね歩いたようだ。

「心当たりには全部声をかけました。あとは、もうどうしたらいいか。……介さまにご相談するしかない。そう思って、どうやって寺まで行こうか、あにさんと思案していたとこでした」

「そうか、わかった。後は私が捜す。ここで待て」

「では儂も……」

　一緒に出掛けようとする月国を忠輝は押しとどめた。

「月国はここにいろ。無理をしてはならぬ」

「私たちがご一緒に捜します」

　と、十兵衛が進み出た。新次郎も頷く。

「しかし、お前らは美禰を知らぬであろう」

「近頃、伊勢の町に人さらいが出ると耳にしておりました。一刻も早《はよ》う見つけ出すには、人は多い方がよろしいはず」

　と、十兵衛は譲らない。

「それもそうだが……」

「殿、悩んでいる時が惜しゅうございます」

競兵衛が口を添えた。

「あぁ、そうだな。では頼む」

と、忠輝が十兵衛たちに頭を下げるのを見て、おつかが「よろしくお願いします」と頭を下げた。

「あの子は今日、小豆《あずき》色に白い花を散らした小袖《こそで》を着て出かけました。あまり見かけぬ色ですし、目立つかと」

「わかった。小豆色の小袖だな。あまり心配せずに待っておれ」


「この辺りで小豆色の小袖を着た娘を見なかったか」

「美禰という名で、背はこれぐらいで……」

「すみません。小豆色の着物の娘さんを見ませんでしたか」

忠輝たちは手分けして美禰を捜すことになった。

美禰のことだ。もし人さらいに遭遇したら、声の一つぐらいは上げて抵抗したはず。ましてや昼間のこと。何か異変に気付いた者がいてもよいはずだ――そう思って、あちこち聞きこみに駆けずり回った。だが、収穫はなく、むなしく時間だけが過ぎていった。

「こ、ここは……」

気が付いた美禰が目にしたのは、心配そうに自分を覗《のぞ》き込む娘の顔だった。

「あ、よかった。気ぃ付いたんやね。けど、大きな声出さんといて」

と、娘は口の前で人差し指を立てながら、小声で囁《ささや》いた。

「えっ……」

「声を聞かれたら、殴られる」

そう言われれば、さっきから鳩尾《みぞおち》に鈍い痛みがある。

「はっ……」

美禰は息を呑《の》んだ。

そうだ。そうだった。あの男、千夏の家へと案内してやろうと前を歩いていた男が振り向いた途端に、鳩尾に激しい衝撃が走った。その後、気を失ったのか。

薄暗い部屋に目が慣れてくると、同じ年ごろの娘が十人ばかり、みな肩を寄せ合うようにして、座っているのがわかった。

広さは十畳ぐらいか。まるで牢《ろう》のようだ。三方は板壁、一方は格子になっていて出入り口には大きな錠前がかけられている。天井は高く、灯《あか》りは小さな蠟燭《ろうそく》が一つ。板壁の上には能で使う般若《はんにゃ》の面がこちらをまるで見下ろすように飾られてあって、殺風景な部屋には似つかわしくない。

「ここはいったいどこですか」

小声で問いかけると、最初に声をかけてくれた娘が、わからないと首を振った。

「町からそう離れてないとは思うけど、私も昨日連れてこられたとこ」

「どうして、こんなことに」

「人さらいに遭《お》うたんよ、あんたも私らも」

と、奥の方にいる娘が悔しそうに呟《つぶや》く。

すると、その隣の娘が涙ぐみ、嗚咽《おえつ》を漏らし始めた。

「あかんて……泣いてもしょうがないでしょ」

「けど……家に帰りたい」「私も」

しくしくと泣き出す娘につられるように、他の娘も泣き始める。

ガタン、何かが開く音がして、娘たちは一斉に口を押さえ、声を押し殺した。

人の足音がする。

あの男か……。男が殴りに来たのか。

美禰は恐怖に震えそうになるのを必死に堪《こら》えながら、音のする方へと目を凝らした。

「……ご飯や」

少し投げやりだが女の声がして、娘たちの顔はみな一様に、安堵《あんど》の表情を浮かべた。声の主は粗末な着物を着た女で、顔を見せたくないのか、俯《うつむ》き加減で横を向いている。

粥《かゆ》の入った椀《わん》が、格子戸から差し出され、娘たちが次々に手を伸ばした。

美禰が最後の椀へと手を伸ばし、「ありがとう」と礼を言ったときであった。

はっと女が息を呑み、顔を上げた。

「千夏さんっ……」

女より先に美禰が声を上げた。

周りの娘たちが「知り合いか」と驚いた顔になった。

慌てて顔を伏せた千夏の手を、美禰は必死に握りしめた。

「千夏さんでしょ。ねぇ、千夏さん、私よ、美禰」

千夏は美禰の手を振りほどいた。

「知らん……あんたなんか知らん」

千夏の表情は硬く強《こわ》ばっているが、目はおどおどと泳いでいる。

「待って、千夏さん、お願い、私を見て……」

千夏がちらりと美禰の顔を見た。

「静かにして。あいつに聞かれたら、ただではすまん」

美禰は「わかった」と頷いてから、小声で続けた。

「ねぇ、どうしてここにいるの？　千夏さんもあの男に摑《つか》まったの」

「黙ってて」

「お願い、ここから出して。逃がして」

ほかの娘たちもにじり寄り、必死の眼差《まなざ》しで千夏に頼んだ。

「お願いします」「助けて」「お願い」

「……無理なこと言わんといて、逃げたら殺される」

と、千夏は首を振った。

「なら、せめてじじさまか介さまに知らせて、お願い」

「……できひん」

「なんで。お願い、千夏さん、助けて」

「知らせたって無駄や。船が出るのはもう決まってる」

「船……ここからどこかへ連れていかれるの？　まさか異国？」

だが、美禰の問いには答えず、千夏は逃げるようにその場を去っていったのだった。

四

「……今回、女は十一人となりました。船は予定通り明後日に出します」

花菱屋を訪れた左馬之介に、徳兵衛はそう報告をした。

「十一人、一人増えたということか」

「ええ、そうだな」

と、徳兵衛は後ろに控えていた和助に目をやった。

「へぇ、ちょうどええ具合に上玉が現れましたんで。自分から網にかかった魚みたいなもんでさ」

「ご覧になりますか」

と、徳兵衛は能面を動かして、隠し穴の前に左馬之介をいざなった。

隠し部屋の中で娘たちが肩を寄せ合うように座っている。

その中、一人だけ、こちらに顔を向けている娘がいた。小豆《あずき》色の小袖《こそで》を着ている。愛らしいが勝気そうな目だ。その娘に向かって、「美禰さん、どうかした？」と、別の娘が問いかけた。

左馬之介は「お前も見ろ」というように、三林に穴を覗かせた。覗いた三林は間違いないというように小さく頷《うなず》いた。

「……あの娘、お前がさろうて来たのか」

「へぇ。あのぉ、何かございますんで」

和助の問いに、左馬之介は「いや」と首を振った。

「……よい娘だ。逃げぬようによう見張っておいてくれ。大切に世話をしてな。怪我などさせるなよ」

「はい、それはもう。売り物ですから、心得ております」

和助に後を託すと、左馬之介は徳兵衛、三林と共に蔵を離れた。

母家に戻ると、左馬之介は打って変わって苛々《いらいら》と舌打ちをした。

「どうかなさいましたか」

「……どうもこうも」

と、左馬之介は益々《ますます》渋い顔になった。

忠輝が小豆色の小袖の娘を捜し回っている――その情報は既に三林から左馬之介にもたらされていた。

「娘？　例の忠輝の想い人とかいう娘のことか」

「忠輝一行はその娘が人さらいに遭うたのではと心配して捜し回っております。ご番所にもこのように届を出したようで」

と、三林は届書を見せた。

「……美禰というのか、娘の名は。待てよ、この届人の名は」

「はい、月国ですか。娘の祖父でございます」

「月国……あの刀匠のか。なぜそれを先に言わぬ」

「既に刀造りからは足を洗っているようでしたので」

「馬鹿か。あぁ、面倒な、殿のお耳に入るようなことになれば……」

チッと左馬之介は舌打ちをした。

月国の刀は九鬼家でも珍重されている。その名工の孫娘、しかも忠輝の想い人をさらってしまったというのか。

「……実はもう一つ妙なことが」

と、三林が左馬之介を窺《うかが》い見た。

「何だ、他にもあるのか」

「捜している者の中に、柳生の七郎さまのお姿が」

「何ぃ……御曹司が忠輝と共にか……どういうことだ」

「さぁ」

「さぁではないわ」

左馬之介は苛々と忙《せわ》しなく考えを巡らせた。

御曹司一行は金剛證寺には行かず、柳生庄に行くと言っていたはずだ。謀られたのか。舐《な》めおって……いや、待てよ。何か他に考えがあったということか——。

考えを進めるうちに、左馬之介は血の気が引いてくるのを覚えた。

柳生どのは御曹司を使って、忠輝を懐柔するつもりだったということかもしれない。だとしたら……。その美禰とかいう娘をさらったのがこちらの手の者だと知れた場合、どうなる。御曹司から柳生さまに知らせがいけば、私の立場は。

いや、それより先に、九鬼の殿に娘を異国に売りさばいて儲《もう》けていたことがばれたら……まずいぞ、まずい……。

とはいえ、それは美禰という娘をさらっていたとしたらの話だ。まずは本当にさらっているのか確かめねば――そう思って、花菱屋に出向いてきたのだった。

「ではあの娘がその」

徳兵衛の問いに、左馬之介は渋い顔のまま頷いてみせた。

「いかがいたしましょう」

「それだ。それが問題よ。余計なことをしおって」

と、左馬之介は吐息と共に、再び舌打ちをした。

「……では、こうしてはどうでしょう」

と、徳兵衛が左馬之介を見た。

「ん？　何かよき考えがあるか」

「はい」

と、徳兵衛は小さく笑みを浮かべた。


その頃、十兵衛は新次郎と二人、大湊の町にいた。

「十兵衛さま」

声をかけてきたのは薬売りの姿をした喜左衛門であった。

「じぃ、よい所で会った」

辺りを気にしつつ応じた十兵衛を見て、喜左衛門は物陰へと二人をいざなった。

「ここで何を。いかがなさいました」

「人さらいのこと、何かわかったか」

喜左衛門の問いには答えず、十兵衛はこう尋ね返した。

「はい、少しは。そのことで何かおありで」

「面倒が起きたのです。松平さまの知り人がさらわれておしまいに」

と、新次郎が代わりに答えた。

「知り人？」

「はい。月国という方の孫娘で、美禰という名で」

「それを一緒に捜されているので」

喜左衛門は少し驚いた顔になった。

「ああ、なぁ、じぃは小豆色の着物を着た娘を見ていないか」

「小豆色の着物……」

喜左衛門の脳裏に、昨日、薬を渡した娘の顔が浮かんだ。

「会《お》うたのか」

「ええ、確か、じじさまに飲ませたいと薬を所望した娘が、そのような色を着ていたような」

「それはいつ頃だ。どっちへ行ったかわかるか」

「昨日の昼前だったかと。海の方へと走り去っていきましたが」

「その後、海女《あま》たちに会ったのでしょうか」

「おそらくな」

新次郎の問いに十兵衛が頷く。

「ともかく、介さまにお知らせせねば」

十兵衛は忠輝と月国の家で待ち合わせていると話した。

「介さま……そうお呼びで」

「ああ。なぁ、そんなことは良いから、他にわかったことはないか。女たちはどこにいるとか」

と、十兵衛は答えをせっついた。

「いえ、囚《とら》われている場所まではまだ。ただ、女の泣き声を耳にしたという漁師に会いました」

「漁師？」

「はい。船で鬼が運んでおると言うておりましたが、思うに娘たちを異国船へ売りさばいているのではと」

「船……どこの船かわかるか」

「いえ。そこまではまだ。船が現れるのは夜中ですし、漁師たちは鬼の船だとおそれて近づかず、特徴はわかりませぬ。おそらく普段はどこかの島影に隠されているのでしょう……ただ」

「ただ、なんだ」

「その船を見たという漁師の話には似通っているところがあります」

「目星はついているということか」

十兵衛の問いに喜左衛門は自信ありげに頷《うなず》いた。


さっきから、千夏の横で和助は高いびきをかいて寝ている。

「仕事ぶりをえらい褒めてもろうてな」

その日、家に帰って来た和助はえらく機嫌が良かった。

「殿さまもお喜びらしいわ。次の仕事の取り分、増やしてくれるって。この分でいくと、侍にしてもらえるんも、そう遠うないやろ」

「そう……」

「ほんでな、明日《あした》は寝ずの仕事になりそうや」

「明後日《あさって》って言うてたんと違うの」

「ああ、なんやしらんが、早《はよ》うなったんや。少しは寝溜《ねだ》めしとかんとな」

「……ほな、一本つけましょか」

「お、酒か。ええな」

上機嫌で酒を呑《の》んだ和助は、それからすぐに寝入ったのだ。

だらしなく酒臭い息を吐き、寝ている和助を見つめながら、千夏はくっと唇をかんだ。

明日の夜、お美禰ちゃんたちを異国へ売るつもりだ――。

「逃がして、助けて」と、すがりついてきた娘たちの顔が目に浮かぶ。もちろん、「千夏さんもあの男に摑《つか》まったの」と問いかけた美禰の顔も……。

なぜ、あんなことを。どうして、あの子は私を信じようとするんだろう。

逃がしてやりたいのは山々だけど、そんなことしようものなら、和助がどんなに怒ることだろう。いや、怒るだけならまだいい。「お前も俺も死ぬことになる」と言った和助の顔が浮かんだ。

「……おっかちゃん」

和助のいびきがうるさいのか、加奈が目を覚ました。

心配そうな顔をして、千夏を見上げている。

ああ、この子を一人にはできない……。

「おっかちゃん、おこってるの？　それとも、どっか、いたいん？」

「ううん。そやないよ」

千夏は精いっぱい笑顔を作った。


「女が船に乗せられているということか」

「はい。湯治客が噂をしているのを耳にいたしました。鬼が女を連れ去る船を見た者がいると」

喜左衛門は薬売りから元の隠居姿に戻り、十兵衛たちと共に月国の家を訪ねた。

そして、湯治場での噂だということにして、忠輝に調べたことを話した。

「漁師たちの間では鬼の船と呼ばれ、かなり有名な話らしく、月のない暗い夜に現れるとか……」

「殿、明日は晦《つごもり》。月が隠れます」

と、競兵衛が忠輝を見た。

旧暦（太陰暦）は、月の満ち欠けを基としている。新月から次の新月までをひと月とし、猫の爪でひっかいたような細い月がだんだんと満ちて左が隠れた半月（上弦）から、十五夜で満月となる。そこから、今度は右が隠れた半月（下弦）を経て、さらに欠けていく。

つまり、月末（晦）と一日（朔《ついたち》）はほとんど月のない夜となるのである。

「うむ。人の目に触れず、船を出すにはちょうど良いということだな。どの辺りで待てば船に出会えるであろう」

「それですが」

と、喜左衛門が地図を広げた。

「漁師たちの話では、女たちは小舟に乗せられ沖の船へと移す途中だったはず。小舟が出てくるとなると、水路があるここか、この辺り……」

喜左衛門が指し示した水路には、交易のための荷を集める蔵が建ち並んでいる。

「つまり、異国との交易をしている商人《あきんど》が絡んでいるということか」

忠輝の呟《つぶや》きに、喜左衛門は頷いた。

「美禰さん、どうかした？」

あやという娘がそう声をかけてきた。

美禰は「うん、ちょっと」と答えた。

やはりあの般若《はんにゃ》の面が気になる。時折、すーっと辺りの気が流れる。天窓は嵌《は》め殺しで動かないから、あそこから、誰かが覗《のぞ》いているような気がしてならない。

「怖ろしいよね、あれ」

と、あやは身を震わせながら、般若面にちらりと目をやった。

薄暗い蠟燭《ろうそく》の灯《あか》りに照らし出された面はまさに鬼。食い殺されそうだ。

これからどうなるのか。考えると怖い、怖くてならない。

介さまやじじさま、おつかさんも、心配して捜し回ってくれているはずだ。なのに、まだ見つけてくれていないということは、ここはもう遠い場所なのか。

諦《あきら》めてはならぬ――。

ふっと耳の奥で忠輝の声がした。

そうだ。介さまならこういうとき、必ず諦めずに助かる道を考えるはずだ。

「……なんとかして、ここから出なきゃ」

と、美禰はぎゅっと拳《こぶし》を握りしめた。

第五章　鬼退治

一

雲が重く垂れこめて、ぽつりぽつりと雨粒が落ちている。

「本降りになるかもしれんな」

千夏が娘たちのために用意した握り飯を持っていくと、蔵の前にいた和助は一瞬、嫌そうな声を出した。が、すぐに「ま、その方がええか」と笑みを浮かべた。

雨の降る暗い夜なら、人目につく心配をすることもない。女たちを移すのに好都合だと言いたいのだろう。

「おぉ、握り飯か、ええな」

和助は、握り飯を一つ横取りしてから、「はよ、持っていったれ」と機嫌のよい声を出した。

千夏は「うん」と返事をすると、蔵の中に入った。

「ご飯や」

千夏の声に、隠し部屋の中で身を寄せ合っていた娘たちが顔を上げた。皆、焦燥しきった顔をし、のろのろと握り飯を取りに来る。

「なぁ、はよ、取ってんか」

千夏はわざと苛《いら》ついた大声を出して、最後に残っていた美禰を見た。

「千夏さん、ありがとう……」

と話しかける美禰に千夏は嫌々と首を振った。

「礼なんかやめて」

くっと唇をかんだ千夏に、美禰は微笑みかけた。

「でも、昨日のご飯も美味《おい》しかったもの」

「……あんた、あほ違《ちゃ》う」

「そうかも」

と、美禰は苦笑したが、すぐ手を伸ばして、千夏の手を握った。

「ここから一緒に逃げよう、ね」

「……なんであんたはうちを信じようとするの」

「なんでって……千夏さんは私を助けてくれたでしょ。ええ人やもん」

美禰の目はまっすぐで穢《けが》れがない。

眩《まぶ》しすぎて、辛《つら》すぎて、千夏は己がどうしようもなく恥ずかしくなった。

ああ、なんで私はこんな人を騙《だま》したんだろう――。

「よう聞いて」

と、千夏は声を押し殺した。

「今夜、小舟で海へ出ることになる。大きな船に移される前に隙を見て飛び込んで。……海の中にはうちがおる。岸まで連れてったるから」

「みんなも一緒に？」

この期に及んでも、美禰は他の娘たちの心配をしている。

「……うん。わかった。なんとかするから」

と、口に出してしまってから、千夏はきゅっと唇をかんだ。

美禰一人ならなんとかなっても、十人も助けられるだろうか。

あほや、うちはほんまにあほや――。

「千夏さん……」

心配そうな美禰に、千夏は大丈夫だと微笑むしかなかった。

「舟を……逃げるための舟をなんとか用意するわ」

「ありがとう、恩に着ます」

頭を下げる美禰を見ていられず、千夏は外へ出た。


夜になると、雨脚が強くなった。

「へ？　海に出るのと違うんですか」

和助は直前になって徳兵衛からいつもと違う段取りを指示され、戸惑いの声を上げた。娘たちは徳兵衛が用意した駕籠《かご》で寺へ移すというのだ。

「殿さまからのご指示や。黙って従ったらええのや」

徳兵衛はきつい口調でそう告げたが、すぐに少し笑みを浮かべてこう付け足した。

「寺にはお前らの褒美も用意してくれてるんやと。ああ、それとお前の女房な、あれも一緒に連れていくようにということや」

「へ、へぇ……わかりました」

首を傾げつつそう応《こた》えた和助に、徳兵衛はお気に入りの葡萄《ぶどう》酒を勧めた。

「まぁ、いっぱい飲んでいけ。殿さまはお前を買っておいでや」

美しいギヤマン（ガラス）の器に注がれた赤い酒に和助は目を丸くしている。

「それは、へぇ。ありがたいことで、いただきます」

と、和助は器に手を伸ばした。

徳兵衛の部屋から戻って来た和助は上機嫌だった。

「いよいよ運が向いてきたわ。でな、今夜はお前も一緒に来いってことや」

「えっ、うちも一緒に？」

娘たち全員を逃がすために、別に小舟を用意して後を追うつもりだったが、一緒に乗っていくとなると、どうすればいいだろう。

和助は千夏の困惑など気にも留めず、さらにこんなことを言った。

「ああ、なんや知らんけどな。寺に移すらしいから」

「なんで……なんでそんなとこ」

海に行くのではないのか——。

思わず問い返した千夏に和助は少し苛ついたようだった。

「知るか。ともかく、言われたとおりにしたらええねん」

「……けど」

舟に乗らないのであれば、どう逃がせばいいのだろう——。

「まだ、何かあるんか」

「ううん……ほら、加奈を迎えに行かんと。預けっぱなしやと悪いし」

「ひと晩ぐらい大丈夫や。ええから、ぼやぼやしてんと手伝え。これであいつらを縛るんや。あと、目隠しもな」

と、和助は千夏に縄を手渡した。

仕方なく、命じられるまま、千夏は蔵の中に入った。

娘たちを縛ると、目隠しとさるぐつわをしていく。

「ごめん」

美禰にはそう謝るのが精いっぱいだった。なのに、美禰は「ううん」と微笑んだ。

一人ずつ、蔵から出して、駕籠に乗せるとすぐさま出発だ。

もう逃がすことなどできっこない。

駕籠について歩きながら、千夏はもう一度、「ごめん」と口の中で呟《つぶや》いた。


その頃、忠輝は競兵衛と共に小舟に乗り込み、海へと続く水路口を見張っていた。

雨除《あまよ》けに藁《わら》で編んだ笠《かさ》と蓑《みの》で身を包んでいても、雨は容赦なく忠輝に降り注ぐ。

「殿……」

競兵衛が心配そうに忠輝を見たが、忠輝は「大事ない」と首を振った。

この程度の辛さなど取るに足らない。そんなことよりも美禰を無事に取り戻すことが先決なのだ。

十兵衛と新次郎、喜左衛門には番所へ捕縛協力を要請する遣いを頼んでいた。人さらい一味が現れたら、すぐさま取り押さえて、娘たちを奪還する手筈《てはず》だ。

「それにしても、遅うございますな」

「うむ……」

番所は手間取っているのだろうか。しかし、今ここで、様子を見に行くわけにもいかない。と、その時、小走りにやってくる侍の姿が目に入った。

「……忠輝さま」

新次郎だ。

「どうした」

「場所が……捕縛隊は別の所へ向かっております」

「何っ」

新次郎の知らせに、忠輝は競兵衛と顔を見合わせた。

新次郎によると、番所の役人は、「その件であれば既に手配済みだ」と告げたという。

「堀之内とかいう方から、人さらい一味の隠れ家を突き止めたと知らせがあったと
いうのです」

「堀之内……それは堀之内左馬之介のことか」

と、忠輝は新次郎に尋ねた。

「さぁ、でも、たしか、そのように」

「隠れ家はどこか、聞いたか」

「はい。中村《なかむら》にある荒れ寺だと」

「わかった。ともかく急ごう」

と言うなり、忠輝は駆けだした。


新次郎は忠輝に詳しく告げなかったが、実は番所ではこんなやり取りがあった。

役人は、最初、捕縛要請した十兵衛たちをけんもほろろに追い返そうとした。

それでも食い下がった十兵衛に対し、「その件については堀之内さまがお出ましなのだから、心配ない」と告げたのだ。

「さぁ、帰れ。待っておればよい」

「堀之内さまとは、堀之内左馬之介どののことか」

と、十兵衛が名前を出したので、役人は訝《いぶか》しげな顔になった。

「そうだが、なぜその名を知っておる。だいたいがおぬしらは誰だ」

居丈高な態度の役人にとうとう、喜左衛門は痺《しび》れを切らした。

「こちら将軍家指南役柳生さまのご嫡男七郎君じゃ」

「えっ……」

将軍家指南役と聞いて、役人の顔色が変わった。慌てて驚き平伏しようとするのを制すると、十兵衛は再度念を押すように尋ねた。

「堀之内どのがじきじきに人さらいの捕縛に向かわれたということでよいのだな」

「は、はい。さようにございまする」

「で、場所は」

「あ、はい。街道から少し入った中村の廃寺に女をさらって来た者たちが巣くうておると、堀之内さまのお耳に入ったそうで」

十兵衛はすぐさま新次郎を忠輝へ知らせにやると、自分は喜左衛門と共に、教えられた寺へと向かったのだった。

「ここはどこ？」

目隠しとさるぐつわを外してくれた千夏に向かって、美禰は尋ねた。

今まで閉じ込められていた部屋よりは広い。どこか寺の庫裡《くり》のように思える。駕籠《かご》に乗せられていた時間はさほど長くは感じなかった。まだ、鳥羽藩のご領内だろうか。

ほかの娘たちは、縄付きのまま、目隠しもさるぐつわもされたままだ。

「……人がおらんようになった寺や」

千夏はそう言いながら、美禰を縛っていた縄を解《ほど》こうとしてくれたが、「おい、何してるんや。行くぞ」と、表から声がかかった。

「……ごめん、もうちょっと辛抱してて、隙を見てまた来るから」

そう言うと、千夏は袂《たもと》から小型の鮑《あわび》起こしを取り出し、そっと美禰の手に握らせた。

「わかった。ありがとう」

千夏は頷《うなず》いてそれに応《こた》えると、すぐに出て行った。

美禰が手首を動かしながら、鮑起こしの鉤《かぎ》を使って、縄を切った。

「みんな、大丈夫?」

声をかけながら、美禰は他の娘の縄を次々と解いていった。

「へぇ、こりゃ、立派なもんやで」

和助は千夏の肩を抱きよせ、本堂を見渡した。その後ろには、娘たちの駕籠を担いできた男たちが二十人ばかり続いている。

荒れ寺だと聞いていたが、蠟燭《ろうそく》の灯《あか》りで辺りを照らすと、金箔《きんぱく》ばりの仏像が並んでいるのがよくわかる。

「売っぱらったら、ええ値になるんちゃうか」

という者もいる。

「ほんまやで」

そう男たちが頷き合っていると、奥の方に誰かいる気配がした。

よく見ようと蠟燭を掲げた和助に向かって、その人影が声をかけた。

「和助か」

「あ、殿さま」

和助は声の主が左馬之介であると気付くと、慌てて平伏した。他の男たちもそれにならう。

「ご苦労であったな」

「いえ、そんな。ここにおいでとは」

と、顔を上げた和助は少しぎょっとなった。

左馬之介はまるで鷹狩《たかがり》にでも行くようないで立ちで、籠手《こて》と脛当《すねあて》までつけている。後ろに控えている三林や小姓たちも同じような恰好《かっこう》で妙に物々しい。だが、左馬之介はこれまで見たことのないにこやかな笑顔を浮かべているのだ。

「娘らは」

「へぇ、ご指図通り、庫裡に放り込んでおります」

娘らを庫裡に閉じ込めておけというのは、徳兵衛からの言いつけだった。

「さようか。ようやってくれた。褒美だ」

そう言いながら、左馬之介は袋を和助に渡した。

ずしりと重い。おそらく砂金だ。

「こ、こんなに戴《いただ》いてよろしいんで」

「ああ、いつもようやってくれている礼だ。皆にも配ってやれ」

「へぇ、では遠慮なく」

金子《きんす》の袋を懐にしまい、和助は満面の笑みを浮かべた。

「……あのぉ、殿さまはこれから狩りにでもいかれるんで」

「ん？　そう見えるか」

「へぇ。……けど、雨が」

「よいのだ。今宵《こよい》の狩りには関わりない」

左馬之介は小さく微笑むと、小姓に目配《めくば》せした。

小姓が板戸を開けると、三林が和助らを誘導した。

「殿さまからのお心づけだ。ありがたく頂戴《ちょうだい》せよ」

覗《のぞ》いてみると、次の広間に酒や肴《さかな》がふんだんに載った膳《ぜん》が用意されてあった。

「何から何まで。へぇ、勿体《もったい》ねぇこって」

仲間たちも「ありがてぇ」と、歓声を上げた。

雨に濡《ぬ》れて冷えた身体には、酒が何よりのご馳走《ちそう》だ。

「しばし、ゆっくり過ごせ」

そう告げると、左馬之介は家臣たちと共に出て行った。

「ありがとうごぜぇました」

和助らは深々と頭を下げて、それを見送った。

「……さて、これから、ここがわしらの根城ってわけやな、大将」

と、男の一人が和助をおだてた。

「そやで、和助あにぃがわしらの大将やな」

「大将、俺がか」

和助はまんざらでもない顔で、千夏に目をやった。

「どうや大したもんやろ」

「う、うん……」

「さぁ、せっかくのご馳走や。飲もうや」

和助はまるで自分が用意したかのように、大きな声でみなを促した。

「ご苦労やった。これからも頼むで」

「おお」

男たちはそれぞれに盃《さかずき》を飲み干すと、無礼講が始まった。

飲んで歌って踊ってと男たちが大騒ぎをしている中、千夏は身の置き場に困っていた。

いつの間にか外の雨は止み、ひんやりとした夜風が忍びよって来る。

「お前も飲めや」

千夏は和助にそう言われて、盃に口をつける真似だけをした。

とても飲んでいる気分ではない。

「なぁ、大将、俺らだけで飲むのも味けないわ。あの娘らに酌をしてもうてもええやろ」

「そや、そや。どうせ売るんやろ。先に味見といこうや」

酔いが回って来た男たちは口ぐちに女たちと飲みたいと言い出した。

「まぁ、そやな」

と、和助までも鼻の下を伸ばしている。

「ちょっと、そんな勘弁したげて」

千夏は止めようと声を上げたが、男たちは聞く耳を持ちそうにない。

「おい、連れて来いや」

和助は千夏に庫裡《くり》の鍵《かぎ》を投げて寄越《よこ》した。

「あんた……」

「はよせんかいな」

「ええ、かまへん。儂《わし》が行く行く」

と、別の男が立ち上がった。そのときだった。

突然、その男は足をもつらせて、倒れ込んだ。

「おい、酔うには早いやろ」

と、笑った男も手に持っていた盃を落とした。

「なんや、お前ら……」

笑った和助も急に大あくびを始め、それを合図のようにあちこちで男たちがごろごろと転がり始めた。

「どういうこと……」

何が起きているのか、わからず、千夏は焦った。

「ちょっと、あんた、しっかりしぃ」

千夏は和助を揺すったが、和助は回らぬ舌で、「う、うるさい」と言うのが精いっぱいの様子で、寝入ってしまった。

みな疲れが溜《た》まっていたのだろうか。

そうか、今のうち……今のうちなら、お美禰ちゃんたちを逃がせるかも——。

千夏がそっと足を忍ばせて、廊下に出たときだった。

「ようやく効いたのか」

と、男の声がした。

そっと隠れて様子を覗《うかが》っていると姿を現したのは、帰ったはずの堀之内の殿さま、左馬之介であった。

「はい。これでしばらくは動けますまい」

と、隣の侍が答えた。

「よし、やれ」

左馬之介がそう言うと、侍はおもむろに刀を抜き、無造作に手前の男に突き立てた。それを合図に他の侍たちも刀を抜き、次々に男たちを殺していく。

「ひっ……」

悲鳴を上げそうになった千夏は必死に手で口を押さえた。

「おい、少しはやりあったように見せねば、その辺りを壊せ」

と、左馬之介が指示している。

千夏は腰が抜けそうになりながら、必死に庫裡へと急いだ。

庫裡の鍵を開けた千夏は、そう叫んだ。

「早《はよ》う、早う逃げて」

美禰が他の娘たちを気遣いながら、外へ出た。そのときであった。

藪《やぶ》の中から、若い侍が、飛び出して来た。

「逃げて！」

と、千夏が叫ぶ。

「私は味方だ」

と、その侍が叫んだ。

「助けに来たのだ。ここに美禰という方はおられるか」

返事の代わりに、美禰が前に出た。

「あなたはどなた？」

「十兵衛と申す。介さまの、忠輝さまの命を受けておる」

「介さまのお仲間……」

ほっとした表情を浮かべ、美禰は大丈夫だというようにみんなに目をやった。

「こちらへ」

と、十兵衛の先導で、美禰たちが藪の方へ歩きだした。

中村に入った。あと少しで寺だ。忠輝は、新次郎や競兵衛と共に道を急いでいた。

分かれ道になっているところに、人影が佇《たたず》んでいる。

「忠輝さま、こちらです。お待ちしておりました」

人影は喜左衛門だった。

「喜左衛門どのか。かたじけない。十兵衛は」

「先に寺の方へ」

「捕縛隊は」

「おそらく既に入ったものと」

と、そのとき、藪の向こうから「キャー」と悲鳴が聞こえた。

「殿……」

競兵衛が緊張した声を出した。

「急げっ」

言うなり、忠輝は一番に駆け出した。


「キャー」

悲鳴を上げて、倒れ込んだのは最後尾にいた千夏だった。抜き身を下げた侍が追いかけてきて、千夏を斬ったのである。

すぐさま十兵衛は走り寄り、娘たちを守るように、刀を構えた。

「ええい、何をするっ、やめぬか」

血だ。

「千夏さんっ」

美禰が駆け寄り、千夏を抱き起こした。

「お、お美禰ちゃん……」

千夏の顔からみるみる血の気が失《う》せていく。背中を斬られたようで、かなりの出血だ。

「しっかり、しっかりして」

それなのに、千夏を斬った侍は薄ら笑いを浮かべ、止《とど》めを刺すつもりだ。

十兵衛はその間に入った。

「どけ。どかぬなら、斬るぞ」

と、侍は言い放った。

「斬れるものなら斬ってみろ」

と、十兵衛は激しく侍を睨《にら》んだ。

かなり手ごわそうな相手だが、やってやれぬことはない。斬りかかろうとしたとき、さらに十人あまりの侍が本堂から出てくるのがみえた。

まずい、多勢に無勢だ。

敵を倒すことはできても、娘たちを自分一人で守りきれるか——十兵衛はごくりと唾《つば》を呑《の》んだ。

そのとき、まるで一陣の風のように、十兵衛と侍たちの間に、ひときわ逞《たくま》しい人影が割って入った。

「下がっておれ」

声の主は忠輝であった。忠輝の横には競兵衛もいる。

「いえ、私も」

「後ろで、美禰らを頼む」

「は、はい」

後ろには既に新次郎と喜左衛門も娘たちを守るように身構えている。

「介さまっ」

と、美禰が叫んだ。

「すまぬ。遅くなった。大事ないか」

「はい。私は大丈夫ですが、一人怪我人が」

美禰の返事を聞くと、忠輝は侍たちに向き直った。

「その方ら、堀之内どのの手の者ではないのか。なぜに女を斬ろうとする」

その声に応じるように、後ろから、堀之内左馬之介が姿を現した。

「おぉ、なんと、松平さま。……これ、控えぬか」

左馬之介は侍たちに刀を納めるように命じた。

「はい。これはよきところに。その女も人さらいの一味にございますれば」

斬ったのは当然だと左馬之介は言うのである。

辛抱できず、十兵衛は叫んだ。

「しかし、いきなり斬りつけることはなかろう」

「あぁ、これは柳生の若さまではございませぬか。さようですな。あとでよう叱っておきまする」

そう言って、左馬之介は白々しく笑みを浮かべた。

「……柳生」

忠輝がそう呟《つぶや》くと十兵衛を見た。十兵衛ははっとなり顔を伏せた。

しまった。柳生だとばれてしまった――。

だが、忠輝はそれ以上何も問わず、左馬之介に向き直った。

「一味の、他の者どもは」

「あちらに」

忠輝が命じる前に、競兵衛が様子を見に本堂へと駆けていった。

「もう大丈夫ですよ。手こずりましたが、全て退治いたしましたので」

「退治したとはどういうことだ」

忠輝の問いに、左馬之介はうっすら笑みを浮かべた。

「ですから、歯向かったゆえ、致し方なく斬り捨てたのですよ」

本堂から出てきた競兵衛がその言葉を裏付けるように、忠輝に向かって頷《うなず》いてみせた。

「……その女も当方にて始末いたしますゆえ」

千夏を渡せと左馬之介は言う。

「嫌ですっ、傷の手当てを。手当てをせねばなりませぬ」

引き渡せぬと、美禰は千夏の身体を抱きしめている。

忠輝は美禰に頷いてみせてから、左馬之介に向き直った。

「仮に罪人だとしても、大きな怪我をしておる。この者は私が連れて行く」

「いや、しかし」

「案じるな。私は医学にも通じているのだ。必ず証言ができるように治してから番所へ連れて行く。それでよかろう」

忠輝は左馬之介に有無を言わせなかった。

「後の娘たちを頼む。必ず、親元に送り届けてやってくれ」

忠輝は十兵衛にそう告げると、美禰と千夏を引き取ったのであった。

二

忠輝はその足で、美禰と共に月国の家に戻った。

「美禰っ」

「よかった、無事だったか」

「おつかさん、じじさま……」

「すまぬ。挨拶《あいさつ》は後だ。布団を敷いてくれ。怪我人だ」

忠輝はそう言うと、競兵衛が担いできた千夏を中へ運んだ。

「まぁ、なんてことっ……」

血まみれの千夏を見て、おつかは絶句したが、気丈にもすぐさま気を取り直した。

「美禰、手伝《てつど》うて」

「はい」

美禰とおつかが用意した布団に千夏を下ろすと、忠輝はすぐさま傷口を改めた。

背中を一筋、ざっくりと斬られている。出血は多いが、急所は外れている。忠輝は千夏の息と脈を確かめた。弱々しいがまだ脈は感じられる。

「助かりますか」

と、美禰が尋ねた。

「うむ。血が止まってくれればよいが」

「……可哀想に。刀傷じゃな。何か薬があればよいのだが」

月国の言葉に、競兵衛が立ち上がった。

「血止めの薬草がないか見て参ります」

「頼む」

外へ出ていく競兵衛を見ていて、美禰ははっとなった。

「あ、あります。よいお薬が」

美禰は胸元に大事にしまっていた薬袋を取り出した。

「よく効くお薬だと買い求めたものです。確か傷にも効くと言われたような」

「よし、使ってみよう」

と、忠輝は返事をした。

「煎《せん》じてくれるか。それと、傷を洗う酒、新しい晒《さらし》があればそれも欲しい」

「は、はい、お酒をお持ちします」

美禰はすぐさま台所へ向かった。

「晒は私が」

と、おつかも奥へ急いだ。

「う、うう……」

酒で傷口を洗うと、それまで気を失っていた千夏が呻《うめ》き声を上げた。

「しっかりしろ。死んではならん」

忠輝の声に応じるように、千夏は微《かす》かに呻き声を上げ続けた。


一方、寺では、堀之内の家臣たちが死体の片付けをしているのを横目に見ながら、十兵衛が長いため息をついていた。

介さまに柳生だと知られてしまった……。

嘘をついて近づいたと、わかったはずだ。どうしたらよいだろうか。

「……十兵衛さま、これを」

本堂にいた喜左衛門が戻って来た。手に酒徳利《さかどつくり》を隠し持っている。

「じぃ、そのようなもの飲んではならぬ」

違うというように喜左衛門は首を振った。

「空でございますよ。ただ、この匂いがどうも……」

気になると囁《ささや》き、喜左衛門は徳利を差し出した。

酒の匂いがぷーんとする。

「これが何か……」

まだ酒の味を知らない十兵衛には違いがわからない。

十兵衛は隣にいた新次郎にも匂いを嗅《か》がせたが、新次郎もよくわからない顔をしている。舐《な》めようとした十兵衛の手を押しとどめると、喜左衛門は十兵衛と新次郎に顔を近づけた。

「……痺《しび》れ薬が仕込まれております」

「えっ」

「しっ」

お静かにと喜左衛門は十兵衛と新次郎を制した。

「それに、死んだ者らの様子も奇妙……」

と、喜左衛門は眉間《みけん》にしわを寄せた。

「……どういうことだ、じぃ」

と、十兵衛も自然と小声になった。

「ただの捕り物ではないということかと……」

「松平さまにお知らせしますか」

と、新次郎が問う。

「いや……」

十兵衛は首を振った。話をしに行きたいのは山々だが、今は合わす顔がない。

それに、娘たちを無事に親元に返す役目もある。

と、そこへ左馬之介がやってきた。

「お待たせして申し訳ない。若さまはこれからどうなされますか」

「うむ。まずは娘らを親元へ戻してやらねば……」

「ええ、ではその後、よろしければ我が屋敷へ。ご遠慮のう」

「では、そうさせていただきましょう」

と、喜左衛門が十兵衛を見た。何か考えがあるのだろう。

「うむ。よろしゅう頼む」

と、十兵衛は左馬之介に答えた。

柳生の御曹司はなんとか丸め込むことができそうだ。

左馬之介はふっと小さく息を吐いた。

問題は、忠輝が連れ去った和助の女房だ。虫の息だったから、あのまま死んでくれればよいが、なまじ息を吹き返し、何か話されては面倒の極みだ。

三林に命じて後を追わせてはいるが、上手《うま》く始末がつけられるか不安が残る。

「ほんに、余計なことを……」

左馬之介は苛《いら》つきを抑えるように首を振った。

三

朝になり、千夏の出血は止まったものの、意識は戻らず、一進一退を繰り返していた。

「うぅ……か、な……か」

千夏は何か一所懸命伝えようとしている。

忠輝と共にずっと看病にあたっていた美禰は、あっと呟《つぶや》くと立ち上がった。

「どうした」

「加奈ちゃんです。子供を呼んでいるのです」

おそらく近所の人に預けているだろうが、両親ともに戻らないとなると、子供は寂しがっているに違いないし、預かっている者も不安なはずだ。

「私、迎えに行ってきます」

「それはならぬ」

と、忠輝が止めた。

「でも……」

「行くなら私が行ってきましょう」

と、晒の替えを持ってきたおつかが言った。

「お前はここにいなさい。また何かあったら大変や。それにあちらの家なら、私は一度行ってわかってますから」

「そうや、任せておいた方がええ」

と、月国も美禰を押しとどめた。

「でも、おつかさん一人行かせて、何かあったら」

案じる美禰を見て、忠輝は競兵衛に供を命じた。

「おつかさんを頼む。おつかさん、くれぐれも用心しろよ」

「大丈夫です。すぐ戻りますから」

そう言い残して、おつかは競兵衛と出て行った。

おつかと競兵衛が家を離れていくのを木立の陰から見送っている者がいた。堀之内左馬之介の命を受けた三林とその配下である。

「今ならやれるな……」

と、三林は呟いた。

忠輝はかなりの遣い手と聞くが所詮《しょせん》殿さま芸であろう。あとは年老いた月国と孫娘、そして傷を負った女だけだ。それに対し、こちらには手練《てだ》れの男が四人もいる。できるなら、隠密裏《おんみつり》に女を始末したいが、いざとなれば、忠輝もろとも始末しても構わないと命じられてもいる。

「お前は、あれの後をつけろ。もし番所に駆け込むなど妙な動きをしたら、そのときは……」

「承知」

配下の一人はそう答えると、競兵衛らの後を追っていった。

三人いれば、十分だ。

「行くぞ」

三林は配下たちを連れて動いた。

さっきから、千夏の表情が少し和らいできている。

脈を取っていた忠輝は「うむ」と頷《うなず》いた。

「山場は越したようだ」

「なら、じき気がつくでしょうか」

と、美禰がうれしそうな声を上げる。

「ああ、おそらくな。……疲れたであろう。少し休め」

美禰はここへ戻ってからも千夏の看病に付きっきりだった。さらわれてから、満足に寝ていないだろうにと思うと、忠輝の心は痛んだ。

だが、美禰は心配ないとばかりに明るい笑顔をみせた。

「介さまこそ、お疲れでしょう。私はここで大丈夫ですから、お休みください。それとも、何かお作りしましょうか」

愛らしい笑顔に忠輝の頬も思わず緩んだ。

「そうだな。そう言えば食べるのをすっかり忘れていた。急に腹がへってきた」

「私もです。ではすぐに」

と、美禰が立ち上がろうとしたときだった。

常とは異なる気配を感じて、忠輝は手で美禰を制した。

「介さま……」

静かにと忠輝は人差し指を口の前に立てた。

耳を澄ませると、微《かす》かだが、草を踏む足音が聞こえる。

敵か。二人……いや、三人……。

忠輝は腰に手をやった。だが、刀は離れた部屋に置いてきている。

取りに行く時間はあるだろうか。

武器となるのは、薬湯を入れていた茶碗《ちゃわん》ぐらいしかない。

そのとき、「何者じゃっ」と、庭で月国が叫ぶ声が聞こえてきた。

「ここにいろ」

言うなり、忠輝は茶碗を摑《つか》んで外へ飛び出した。

月国の前に侍が三人いる。

「何用か」

月国の前に出て、忠輝は問いかけた。

「女はどうなりましたか」

前に出た侍が問い返して来た。

「おぬし、寺にもいたな。その顔に見覚えがある。我は松平忠輝じゃ。名を名乗れ」

致し方ないという表情を浮かべると、侍が名乗った。

「三林成孝にございまする。女をお引渡し願いたく」

「こちらで預かると言ったはずだ。それにまだ意識も戻っておらぬ」

「それは……」

よかったと言うように三林は小さく笑みを浮かべた。

「もうよろしいではございませぬか。堀之内の殿もこれ以上、事を大きくしとうないと仰せです。どうぞ速やかにお引渡しを」

「女の意識が戻ると、何か都合が悪いことでもあるのか」

「さて……何をおっしゃっているのやら」

「介さま、その男です。その男が千夏さんを斬りました」

後ろから美禰の声がした。

縁側に出てきた美禰は、三林の右隣にいる男を指さしている。

「やはり引き渡すわけにはいかぬな」

「どうあっても」

「ああ、どうあってもだ」

忠輝の答えを聞いて、三林は苦笑いを浮かべた。

「恐れを知らぬお方だな……」

三林が目で合図を送ると、両隣の侍が同時に抜刀した。

「月国、美禰、逃げろ」

叫びながら、忠輝は左側の侍の額目がけて茶碗を投げつけた。一瞬の隙を狙って、懐に素早く入り込むと腹を殴り悶絶《もんぜつ》させる。

「やぁ」

横から斬りかかってきた侍の一撃を避《よ》けると、忠輝はその背後に回り込み、腕を捻《ね》じ曲げて、刀を奪い取った。

「じじさまっ」

後ろで美禰の悲鳴が聞こえた。

振り返ると、三林が月国を蹴《け》とばしたところだった。

「やめろっ」

が、三林は月国を飛び越えると、美禰を羽交い締めにした。

そうして、美禰の首筋に刃《やいば》をつけると、忠輝に向かって叫んだ。

「刀を捨てろ」

「卑怯《ひきょう》者っ」

「娘の命、惜しくないのか」

と、三林は非情な顔のまま、美禰の首筋にさらに刃を近づけた。

白い首筋にうっすら血がにじむ。

忠輝は三林を睨《にら》んだまま、仕方なく刀を手放した。

「縛っておけ」

三林に応じて、刀を奪い返した侍が忠輝に縄をかける。腹を殴られ悶絶していた侍ものろのろと起き上がった。

「……女のところへ案内せよ」

と、三林が美禰に命じた。その次の瞬間、どこからか三林の顔面に向かって礫《つぶて》が飛んできた。

すんでのところで身をかわした三林だったが、さらに次々に礫が飛んできて、三林は顔を手で防ぐために美禰を手放した。

「な、何者だ」

「お前などに名乗るも惜しいわ」

声と同時に、忠輝を縛った縄が切れ、横にいた侍二人が足を払われ、のけぞり倒れた。

何が起きたのか、忠輝ですら戸惑う間に、まるで小さな猿のような男が飛び出して来たかと思ったら、三林と美禰の間に立ちふさがった。

「わしは、おなごを虐《いじ》める輩《やから》が大嫌いでな」

それは喜左衛門であった。

美禰は月国を抱き起こし、忠輝も二人の元へ駆け寄った。

「ご隠居……」

「ここは私めにお任せを」

喜左衛門は忠輝にそう言うと、仕込み杖《づえ》を握り直した。

「殺すなよ」

と、忠輝が命じ、三林は顔色を変え怒った。

「笑止」

だが、それも一瞬のことであった。

喜左衛門はとても年寄りとは見えぬ動きで跳躍すると、仕込み杖から目にも止まらぬ早業で刀を抜き払った。峰を返すと刀身がきらりと光る。そのまま、脳天めがけて振り下ろした。三林はそれをかろうじて避けてみせたが、喜左衛門の攻撃は止まらず、体勢を立て直す暇を与えない。

あっと言う間に三林は胴を払われ、膝《ひざ》をついていた。

まるで蛙のように無様に地面に手をついた三林の首筋に、喜左衛門は刃をぴたりとつけた。

「そこまでだ」

忠輝は喜左衛門を止めると、三林から大小の腰の物を抜き取った。喜左衛門は素早く縄をかける。続いて、喜左衛門は残りの二名の者たちの元へ駆け寄ると、それぞれの刀を取り上げ、縄とさるぐつわをかけ始めた。

「堀之内どのの指図だな」

忠輝の問いに三林は答えず、睨みつけた。

「殺せ」

「私は無益な人殺しはせぬ。堀之内どのは何を考えている。何が目的だ」

だがやはり三林は答えず、横を向くと、ぐっと顎《あご》に力を入れた。

「いかん。舌をかみ切るぞ」

喜左衛門が叫び、忠輝は慌てて三林の口をこじ開けようとした。だが、三林は不敵な笑みを浮かべたまま、頑として口を開けさせなかった。

「……愚か者が」

口から血を滴らせて、がくりと項垂《うなだ》れた三林を見て、忠輝は悔しさを隠し切れず、そう呟《つぶや》いた。

「殿……」

しばらくして、競兵衛が別の侍を引っ立てるようにして帰って来た。

その後ろには加奈を負ぶったおつかの姿もある。

「我らをずっとつけてきておりまして、あまりしつこいので懲らしめてやろうかと」

「おつかさん、大丈夫だった」

と、美禰がおつかに駆け寄った。

「そりゃもう、競兵衛さまのお強いことと言ったら、もうびっくりりや」

おつかは興奮気味に話し始めたが、倒れている三林や縛られている侍らがいるのに気付いて、あっと驚いた顔になった。

「な、何があったの。あにさんは」

「月国なら無事だ。ああ、この子だな。母親の元へ連れていってやってくれ」

忠輝はおつかの背で寝入っている加奈に笑みを向けた。

「中に入ろ」

「う、うん……」

美禰がおつかと加奈と共に家の中に入るのを見送ってから、忠輝は競兵衛が連れて来た男に目をやった。

「お前も、この男と同じだろう」

競兵衛に摑《つか》まった男は、三林の死体を見て、絶句している。

「堀之内どのの手の者だな」

「は、はい」

忠輝の問いに、あっけなく頷《うなず》く。

「殿、いかがいたしますか」

「うむ。競兵衛、すまぬが、こいつらを納屋にでも放り込んで、よく見張っていてくれ」

「はい」

競兵衛は頷くと、他の侍たちと一緒に男を縛り上げた。

四

夜も更けた。

「助かり申した。ほんに、ありがたい」

月国は喜左衛門から手当てを受け、礼を言った。蹴《け》とばされた拍子に腰を打ったが、喜左衛門が丁寧に薬を塗ってくれたのだ。

「いえ、礼など。我らこそ色々とご迷惑を」

「迷惑とは妙なことを。お前さまには孫も救うてもろうた。恩人じゃ」

「はぁ……まぁ」

喜左衛門は苦笑いを浮かべた。

「……失礼いたします」

と、そこへ、美禰がお茶を持ってきた。

「おつかさんがよく作る野草茶ですが……」

「なんじゃ、酒ではないのか」

と、月国が不満を述べた。

「いやいや、十分にて。かたじけない」

と、茶碗《ちゃわん》に手を伸ばした喜左衛門に、美禰は丁寧に作法通り頭を下げた。

「先ほどはありがとうございました。おかげさまで命拾いを」

「そうじゃ、そうじゃ。おまけに腰に手当てをしてもろうた。よう効く薬をお持ちでな」

「それは重ねてありがとう存じます」

礼を言ってから、美禰は喜左衛門の顔をまじまじと見つめた。

「どうかしたか」

と、月国が問う。

「あの……もしや、あのときの……いいえ、違っていたらすみませんが……薬の」

喜左衛門は苦笑いを浮かべた。

「その十万両じゃよ、じじさま孝行の娘さん」

「やっぱり」

「うむ？　どういうことかな」

「いや、実は先だって、美禰どのとは町で、そのぉ……」

喜左衛門が話そうとしたとき、おつかがバタバタとやってきた。

「目が覚めましたよ、千夏さんの気がついたんや」

「ほんま……すぐ行く。おじさん、その話は後で」

美禰は気ぜわしく立ち上がると、おつかと共に千夏の寝ている部屋へ向かい、喜左衛門と月国もそれに続いた。


美禰が駆けつけると、千夏はうっすらと目を開け、忠輝がその脈を取り、「もう大丈夫だ。よう頑張ったな」と、声をかけているところだった。

「は、はい……」

「おっかちゃん……おっかちゃん」

枕元の加奈が呼びかけると、千夏はすぐに布団から起き上がろうとした。

「加奈……加奈。う、うう」

「あ、まだ無理をしちゃ駄目。傷口が開いちゃう」

と、美禰が制した。

「千夏さんは私たちを助けようとして斬られたのよ」

「斬られた、私が……」

「おっかちゃん、いたいの」

加奈が心配そうに千夏を見ている。

「大丈夫だよ」

と、千夏が笑ってみせた。

「ああ、おっかさんはもう大丈夫だ。でもゆっくり寝させてやろうな。そうすればすぐに元気になるから」

と、忠輝が加奈に優しく語りかけた。

加奈は素直に「うん」と頷く。安堵《あんど》のせいか、小さくあくびが出た。

その可愛らしい姿をみつめてから、千夏は忠輝に問いかけた。

「あの、うちの人は……和助は」

忠輝は躊躇《ためら》いがちに首を振った。

気を利かせたおつかが、「あっちで寝ようかね」と加奈を誘った。

「行っといで」

と、千夏も囁《ささや》き、加奈は安心したように出て行った。それを見送ってから、千夏は美禰に起き上がるのを助けて欲しいと頼んだ。

「無理をするな」

「いえ、お話ししたいことが……」

と、千夏は忠輝に向き直った。

「うちの人は、あの人らは殺されたんです」

「殺された……」

「はい。堀之内の、堀之内の殿さまが来られて……みなを労《ねぎら》うと酒とご馳走《ちそう》を。その後、みなが寝込んだら、あんなことが……」

千夏は怖ろしげに身を震わせた。

「酒、あの酒は堀之内どのが用意したものであったか」

後ろにいた喜左衛門が声を発し、さらにこう続けた。

「痺《しび》れ薬が仕込まれておったのです」

「痺れ薬か」

「はい。間違いございませぬ」

喜左衛門の答えを聞いて、千夏は「そんな」と声を震わせた。

「……和助は、うちの人は、堀之内の殿さまに言われて、していたのに……。侍にしてもらえるんやって、そう言うて」

「人さらいをさせてたっていうのんか」

月国も驚きの声を上げた。

「では、私たちが捕らえられていたのは、堀之内という方のお屋敷?」

美禰の呟《つぶや》きに、千夏が「違う」と応じた。

「花菱屋さんの蔵や」

「花菱屋……廻船《かいせん》問屋か何かか」

と、忠輝が問う。

「はい、大湊の大店《おおだな》です。さらってきたら、いつもはそこから小舟で沖へ出て、異国船へ売るのやと、そう……」

「ご隠居の推察通りだったな」

と、忠輝は喜左衛門を見た。

「おそらく、堀之内左馬之介はこの者の連れ合いらに罪を被《かぶ》せ、トカゲの尻尾《しっぽ》切りを謀ったのでしょう」

トカゲは尻尾を切られても再生する。頃合いを見て、また悪事を復活させるつもりだったのだと、喜左衛門は指摘した。

「……なんという奴じゃ」

と、月国が憤慨した。

忠輝は考えをまとめているのか、目を閉じ、何も答えない。

「介さま……」

美禰が声をかけると、忠輝は目を開けた。

「案じるな。片はきちんとつける。美禰は千夏さんをよう看てやれ」

「はい……」

忠輝は美禰に微笑んでから、こう告げた。

「月国、ご隠居、すまぬがあちらへ」


二人をいざない、別間に入った忠輝は手紙をしたためた。

「月国、朝になったら悪いがこれを持って、城へ行ってくれぬか」

「番所ではなく城へでございますか」

「そうだ。番所は堀之内の手が入っていると見た方がよいからな」

「わかり申した。殿さまにお渡しすればよいのですな」

「そうだが、頼めるか」

「随分前ですが、刀を納めたことがございます。なんとか致します」

任せてくれと月国は深く頷《うなず》いてみせた。

「では、堀之内のことは九鬼家にお預けに」

と、喜左衛門が尋ねた。

「処分は任せる。だが、きっちりと釘《くぎ》は刺す」

と、忠輝は答えた。

「今から行かれますか」

「いや、夜討ちは好かぬ。明朝、正々堂々話をつけに行くことにする」

「では私はひと足先に戻り、このことを十兵衛さまに」

「十兵衛は今、堀之内の屋敷か」

「はい。新次郎とともに娘たちが無事に親元に返されるまで手伝うことになっております」

「そうか。ならば、ご隠居はここにいて、美禰たちを守ってくれぬか」

喜左衛門は忠輝の顔を窺《うかが》い見た。

「……我らをお信じになるということでしょうか」

忠輝は可笑《おか》しそうに笑った。

「何を今さら」

「しかし……」

口ごもった喜左衛門を見て、月国が怪訝《けげん》な顔になった。

「なぜ柳生を信じるのかと問いたいのであろう」

と、忠輝は月国を見た。

「や、柳生……お前さまたちは柳生の者だとおっしゃるか」

目を剝《む》いた月国に、喜左衛門は頷いた。

「十兵衛さまはご当主ご嫡男七郎君。私は柳生の里より参りました。本当の名は荘田喜左衛門。また、新次郎は七郎君にお仕えする者にございます」

「さようか。よう教えてくれた」

と、忠輝は頷いたが、月国は困惑した様子を隠せない。

「ご当主とは柳生宗矩のことか。まいったのぉ、それは」

「ハハハ、何をまいることがある」

と、忠輝は鷹揚《おうよう》に笑ってみせた。

「し、しかし介どの」

「十兵衛と新次郎は共に美禰を捜してくれた。それに、喜左衛門は先ほど見事に我らを助けてくれた。それで十分ではないか」

「……十兵衛さまは松平さまを謀《たばか》ったこと、何とお話ししてよいやら悩んでおいでで、それで私は様子を窺《うかが》いに参ったのです」

と、喜左衛門は続けた。

「堀之内は、人さらいで得た金を使って、我が当主に取り入っていたのではないかと思われますし……それに……」

と、喜左衛門はひと呼吸ついた。

「十兵衛さまは鬼退治をせよと命じられて、伊勢に来られました」

月国は忠輝を心配そうに見た。

「鬼退治、いや、鬼っ子退治だろう」

と、忠輝は苦笑してみせた。

「だが、なぜそれを私に話す」

「……私は十兵衛さまにはまっすぐに、穢《けが》れのない道を歩んで欲しいと願《ねご》うておりまする」

忠輝は、じっと喜左衛門を見つめてから呟いた。

「……それは無理というものだ。穢れのない道など、この世にはないからな」

否定しながらも、忠輝の眼差《まなざ》しは優しかった。

「されど、穢れを祓《はら》い清める力を養うことはできる。十兵衛にはそうあって欲しいと思うし、それができる男だと私は思う」

「松平さま……」

喜左衛門は深々と頭を下げた。

月国は二人のやり取りを見つめながら、満足げに頷いていた。

五

「遅いな……」

十兵衛はぽつんと呟《つぶや》いた。朝になっても喜左衛門は帰ってこない。

やはり介さまはお怒りなのだろうか……。

あまり眠れないままに、十兵衛は庭に出ていた。

やはり、堀之内の家は居心地が悪い。娘たちを各々親元へ帰す算段は既につけた。あとはすることがない。

左馬之介が起きてこぬうちに、出てしまおうと新次郎と共に門まで来ると、何やら門番が揉《も》めている。

「……ですからそのようなお取次ぎはできませぬ」

門番が外に向かって怒っている。

「何をしているのだ」

「あ、いえ、その……」

「十兵衛か」

と、外から声がかかった。忠輝の声だ。

「生真面目な門番でな。主人の許しがない者は通さぬと言い張るのだ」

「何をしている開けぬか」

十兵衛は強引に門番に門を開けさせた。

外には忠輝と競兵衛、それに縄で縛られた侍が三名と、筵《むしろ》にくるんだ物を背負った馬がいた。

「おぉ、助かったぞ」

と、忠輝が屈託のない笑顔を浮かべた。

「あの、……」

喜左衛門がいないことに戸惑いを浮かべた十兵衛を見て、忠輝が頷いた。

「喜左衛門どのなら、月国の家を守ってもらっている。案じずともよい。お前たちを敵だと思うたことはないからな」

「介さま……」

くっと唇をかんだ十兵衛に忠輝は微笑んで見せた。

「で、この者たちは」

と、新次郎が問いかけた。

「まぁ、見ていろ」

そう言うと、忠輝は声を張り上げ、左馬之介を呼んだ。

「堀之内どの、お返しものがあって参った。松平忠輝だ」

すぐに、バラバラと人が出てきた。

中には左馬之介の姿もあった。

「朝から何ごとかと思えば、これは松平さま……」

不機嫌そうな左馬之介に向かって、忠輝は馬の筵を取ってみせた。

馬の背にあったのは三林の遺体であった。

「受け取られよ。三林とかいうそちらのご家臣であろう。忠臣の鑑《かがみ》だ。丁重に葬ってやらねばならぬぞ」

「はて……いったい何のことやら」

と、左馬之介はとぼけた。

「まだ寝ぼけておいでか、それとも、見覚えがないとでも言う気か」

忠輝は嫌味たっぷりに問いただした。

「……ああ、いえ、確かにそういう者がおりましたが、もうだいぶ前に暇を取らせました。どこで何をしようが当方には関わりない者にて」

「この者たちもか」

と、忠輝は縛られている侍たちを示した。

「はて。何か、私の名を出してご迷惑をおかけしたのでしょうか。こやつらが」

左馬之介は顔色一つ変えず、平然と言ってのけた。

忠輝の目は怒りに燃えていたが、声は冷静だった。

「……まぁ、そういうことだな。これからはそういうことは無きように頼む」

そう言いながら、忠輝は、引き連れて来た侍三名の縄を解《ほど》き、左馬之介側へ押しやった。

「……ようわかりました」

と、左馬之介が応《こた》えた。

「うむ。わかってくれたなら、それでよい」

忠輝はじっと左馬之介を見つめたが、それに対して左馬之介の返答はなかった。

事の成り行きを見守っていた十兵衛の方が、刀に手をやりたいのを必死に抑える有様であった。

「……では、帰るか」

忠輝は呟くと、あっさりと踵《きびす》を返した。

「もうお帰りに」

意外な忠輝の態度に、十兵衛は戸惑った。

「ああ、ここにはもう用はない」

「しかし……あ、お待ちを、私たちもご一緒に」

と、十兵衛と新次郎も後に続こうとした。そのときであった。

左馬之介が配下に目配《めくば》せした。

「ぐわっ」

突然、忠輝たちの背後で、苦悶《くもん》の声が上がった。

振り返ると、先ほど縄を解いた侍たちが、斬られて絶命するところであった。

「な、何をするっ」

血相を変えた忠輝に向かって、左馬之介はふっと笑ってみせた。

「……ご迷惑をおかけしたとのこと、処断したまでのこと。堀之内の恥をさらすわけには参りませんからな」

「貴様という奴は」

忠輝は怒りをもう抑えなかった。刀の鍔《つば》に手をかけると、左馬之介を睨《にら》みつけた。

「斬るおつもりか」

「だとしたらどうする」

すると、不敵にも左馬之介は笑い出した。

「今、言うたではないか。堀之内の恥をさらすわけにはいかぬと……」

左馬之介は後ろに下がり、家臣たちが前に出て、各々刀を抜いた。

競兵衛はすかさず前に出ると、忠輝を守るように刀を抜き、彼らと対峙《たいじ》した。

それを見て、十兵衛も前に出ようとした。新次郎も同じく前に出た。

「ならぬ。そなたらは関わるな」

忠輝が止めた。

「いえ、そうは参りません」

と、十兵衛も刀を抜こうとした。

「いや、柳生が絡んだと知れれば、九鬼家にご迷惑。手出し無用」

「何をもたもたしておる。斬れ、斬って捨てろ」

左馬之介が叫んだ。

「競兵衛、無用な殺生はするなよ」

「はっ」

「抜苦与楽……」

忠輝はそう呟くと、刀を抜いた。

清廉な氣《き》がさっと辺りを支配し、斬りかかろうとした家臣たちがたじろいだ。

忠輝は刀の峰を返し、身構えた。競兵衛も忠輝に倣って刀の峰を返す。

「やぁ」

忠輝は、斬りかかって来た男の剣を難なく躱《かわ》すと、その腕を叩《たた》いた。骨が砕ける音がして、男がのけぞる。一瞬も休む間もなく、次々に襲いかかってくる敵を、忠輝は競兵衛と共に、叩きのめしていった。

十兵衛は新次郎と共に、門を閉めようとする門番の元に駆けよると、刀を突きつけ「ならぬ」と止めた。

が、その顔をかすめるように矢が飛んできた。

左馬之介の背後に弓矢隊が現れたのだ。

忠輝は競兵衛、新次郎、十兵衛らと共に追い詰められた。

「もうここまでだ」

と、左馬之介は余裕の笑顔をみせた。

「我らを始末して、ただで済むと思うか」

十兵衛の問いに、左馬之介はこう答えた。

「さぁ、そうですな。柳生さまには松平さまが七郎君を殺《あや》めようとなさり、それを止めようとしたが、無理でしたと謝るしかないな」

「何ぃ」

「初めから、気にいらなかったのだ。子供のくせに偉そうに。おう、お前もだ」

と、左馬之介は忠輝をお前呼ばわりした。

「仲良う、逝くがよい」

左馬之介はそう言うと、弓矢隊に向かって、手を上げ合図をしようとした。

その時であった。

馬の嘶《いなな》きが聞こえると同時に、銃声がして、弓矢隊の一人が腕を押さえて、転がった。

「そこまでじゃ、止めぃ」

馬で駆け付けたのは九鬼家当主守隆であった。後ろには鉄砲隊を引き連れている。

「と、殿さま……」

左馬之介は、目を剝《む》いた。

「左馬之介、見損のうたぞ。これ以上、悪あがきはするな」

守隆の護衛が、すかさず、左馬之介の一党を取り囲む。

守隆は下馬すると、左馬之助を睨みつけた。

「花菱屋は捕らえた。お前らの悪行、赦《ゆる》しはせぬ」

「ぐっ……ぐぐっ」

左馬之介は護衛に腕を取られて、膝《ひざ》をつき、悔しそうに唇をかんだ。

それを見て、忠輝も競兵衛も刀を納めた。十兵衛も安堵《あんど》の表情を浮かべた。

守隆は忠輝へと向き直ると、頭を下げた。

「相すまぬ。この不祥事、きちんと処断するゆえ、任せて欲しい」

「そのような……どうぞ、お顔をお上げください。もとより、九鬼どのにお任せするつもりにて」

と、忠輝は応えた。

「……うむ。ともかく間に合《お》うて良かった」

と、守隆が笑みをもらした。その時だった。

左馬之介が隙をついて、守隆の護衛の腰から刀を抜き取るなり、守隆へと斬りつけた。

「危ないっ」

忠輝は、守隆を慌てて庇《かば》おうと手を伸ばしたが、それより一瞬早く、十兵衛が守隆と左馬之介の間に割り込んだ。

「うぐっ……」

十兵衛は躱しきれず、左目を斬られたが、すぐさま刀を抜き放ち、左馬之介を一刀の元に斬った。首筋から血しぶきを上げ、左馬之介は声もなくその場に崩れ落ち、十兵衛もまた、膝をついた。

「十兵衛っ」

「若っ」

新次郎が十兵衛に駆け寄った。

「……十兵衛、十兵衛、しっかりしろ」

忠輝の声に応じるように、十兵衛は立ち上がった。新次郎の支えを制したが、左目を押さえた指の間から、血が滴り落ちている。

「若……」

「目をやられたのか。見せてみろ」

だが、十兵衛はそれを拒んだ。

「……ご心配は、要りませぬ」

そう応じてから、十兵衛は守隆に向き直った。

「九鬼さま、勝手な処断、お赦しを」

「そのようなこと、構わぬ。怪我を、怪我の手当てを早《はよ》う」

「いえ、手当てなど……ほんのかすり傷にございます」

と、十兵衛は気丈にも、右目だけで笑ってみせたのであった。


しばらくして、忠輝は、負傷した十兵衛らを伴って美禰たちの待つ月国の家へと戻った。

「介さまっ」

美禰が転がるようにして迎えに出てきた。続いて、喜左衛門やおつか、月国も出てくる。

「十兵衛さまっ……」

左目を負傷し、眼帯をした十兵衛を見て、喜左衛門は動転した声を出した。

美禰もおつかも驚き、月国は首尾よく行かなかったのかと忠輝を窺《うかが》い見た。

「すまぬ、私がついていながら」

と、忠輝は喜左衛門に頭を下げた。

「いえ、私が悪いのです。私が……」

新次郎も悲壮な顔で項垂《うなだ》れている。

「やめてくれ。介どのもどうか、それぐらいで」

と、十兵衛が制した。

「みな、大げさすぎる。これは私の不覚にすぎぬ」

「そうではございますまい。いったい誰が十兵衛さまを……」

喜左衛門は今にも敵討ちに走り出しそうな勢いだ。

「じぃ、敵は自分でとった。だからこの件はもう言うな」

「しかし……」

「いいか、他言無用だ。特に父上には。余計なことは一切言うなよ」

そう諫《いさ》めてから、十兵衛は忠輝へ向き直った。

「どうか、忠輝さまもそのおつもりで。この件、柳生は関わらぬ方がよいのでありましょう？」

「……ああ」

忠輝は頷《うなず》いた。九鬼家に迷惑をかけまいとする十兵衛の健気《けなげ》さが伝わってくる。

「……あの、みなさま、お腹は空《す》いておられませぬか。ご用意できておりますよ」

と、おつかがみなを中へいざなった。

「ありがたい。共に戴《いただ》こう」

忠輝が応じると、十兵衛も元気よく「はい」と返事をした。


一方、城に戻った守隆から、事の次第を聞かされた家老の市原忠信《ただのぶ》は、思わず目を剥いた。

「な、なんと、堀之内がそのようなことに手を染めていたとは……で、どうなさるので」

「既に堀之内は死んだ。あとは捕らえている花菱屋に全て白状させ、助けられるものであれば、女たちを助けねばならぬ」

「いえ、そのことではなく」

と、市原は口を挟んだ。

「それ以外に何があるのだ」

口答えされて、守隆はむっとなった。

「殿、ようお考えを。このまま、あの流人らを放置しておいてよいものか。九鬼家の恥となるものを知られてしまった以上、生かしておくのは」

「何を言うかっ、我が命の恩人ぞ」

と、守隆は市原を叱りつけた。

「それはそうでしょうが、流人とはいえ、徳川に連なる者。いつなんどき幕府に知られるか」

「だからと言うて、忠輝どのがこの地で命を落とすようなことがあれば、それだけで大ごとだ。何を見張っていたのかと、お咎《とが》めがあるのは必定じゃ」

「病死だということにしても……」

「ならぬ、けっして手出しはならぬ。忠輝どのは悪うない。九鬼の毒を出してくれたにすぎぬ」

「ですが……」

「まだ言うか。よいか。この件、他言無用なのは忠輝どのもようお分かりじゃ。堀之内は突然の病にて死んだ。一党で関わった者もみな同じだ。人さらいについての主犯は花菱屋じゃ。よいな。そう心得よ」

守隆はそう言い切り、この件について、もう誰の口も挟ませなかった。

第六章　旅立ち

一

美禰たちが巻き込まれたあの怖ろしい出来事から、ひと月ほどが経った。

嘘のような穏やかな日が続いている。

千夏はまだ傷が完全に癒《い》えてはいないまでも、加奈とともに元気に暮らしている。

もうしばらくしたら、海に潜ることだろう。

柳生の里からは、時折、月国の元に薬や文が届くようになった。

月国と喜左衛門は良き友になったのだ。

「十兵衛さまも文ぐらい送ってくだされればよいのに」

と、美禰は呟《つぶや》いた。

忠輝が十兵衛のことを案じているのがわかるからだろう。

「若いうちは文など書かぬもの。知らせがないのは元気な証拠だ」

と、忠輝は笑って答えた。

あの後、すぐに十兵衛は江戸へ帰っていった。

「お世話になりました。お名残惜しいですが、我らはこれにて失礼いたします」

と、丁寧に頭を下げた十兵衛とのやり取りを、忠輝は懐かしく思い返した。

「……次にお会いするときには、もう少し強うなっておきます。またお手合わせしてくださいますか」

「無論」

忠輝の答えを聞いて十兵衛は顔を綻《ほころ》ばせ、やんちゃな少年の表情を垣間《かいま》見せた。

「介さま。介さまは私も同じ鬼っ子だとおっしゃいましたが、それは違うと存じます」

「うむ。そうか」

「はい。介さまの鬼は、ツノのない鬼」

「ツノのない鬼……」

「はい」

十兵衛は頷くと、その場で一画目の「ノ」のない鬼の字を書いてみせた。

「これは、オニではなくカミと呼ぶそうにございますよ」

そうだったよなというように、十兵衛は隣にいた喜左衛門に同意を求めた。

「鬼子母神の鬼の字には角がない。その謂《いわれ》をお話ししたまでのこと……」

と、喜左衛門が口を添えた。

「それは買い被《かぶ》りだ」

と、忠輝は苦笑いを浮かべた。

「私はカミなどではない。鬼……それもまだ修行の足りぬ鬼っ子だ」

「介さま」

「のう、そう思うて、共に修行に励もう。次に会う日を楽しみにな」

「……はい」

「達者に暮らせよ」

「忠輝さまこそ。どうか、お達者で」

何度も何度も手を振りながら、十兵衛らは帰っていったのである。

「……次にあの方たちと会うのはいつでございましょうね」

美禰の問いに、忠輝は即答できなかった。

流人の身に次に会う約束ができるはずはなかった。

だが、あの若者に会いたい。また手合わせしたい、その気持ちに嘘はなかった。

しかし、相手は柳生の跡取りだ。

十兵衛は恐らく何も語るまいが、もし、宗矩が十兵衛と忠輝の交流を知ったら、どう出るだろうか。

怖くもあり、愉快でもあった。

「いずれまた、会いたいものだ……」

忠輝はそうあって欲しいとの願いを込めて、呟いた。


その思いは十兵衛も同じであった。忠輝と過ごした日々は何よりも楽しいものとして、心に刻まれていた。

斬られた左目は残念なことに、再び元通りに見えることはなかった。

だが、十兵衛がめげることはなかった。

今まで以上に剣術に励み、稽古《けいこ》を休むことなく続けている。

剣を握ると、別れの日に忠輝と交わした言葉が蘇《よみがえ》って来る。

いつかまた、お会いしたその日に強くなったと褒めてもらいたい。

剣の道への探究は始まったばかりなのだ。

江戸に戻ってすぐのこと、十兵衛は父、宗矩にしつこく怪我について問われた。

「これはちょっとした怪我で」

とやり過ごそうとしたが、それで勘弁してくれる父ではなかった。

「誰だ。誰にやられた。正直に申してみよ。言わぬなら、新次郎に問いただす」

執拗《しつよう》に言い募る宗矩を十兵衛は制した。

「新次郎に訊《き》いても無駄にございまする。おやめ下さい」

「それでこの父が納得すると思うのか。忠輝か、そうなのだな」

「いえ、松平さまでございませぬ。介さまはそのようなお方ではありませぬ」

「介さまだと」

「はい。介さまは無益な殺生はなさらぬ方です」

「……では誰にやられたというのだ」

宗矩を右目でしっかりと見つめながら、十兵衛は答えた。

「……ツノのある鬼でございます」

「ん？」

「ご命令どおり、まことの鬼を退治して参ったのです。それだけのことでございます」

そう告げると、十兵衛は父に向かって丁寧に一礼し、その場を離れたのであった。

何が鬼にやられた、だ――。

宗矩は我が子の答えに満足したわけではなかった。

伊勢から帰った十兵衛は幼名の七郎で呼ばれるのを嫌がるようになった。いや、それだけではない。元々子供らしさの乏しい子ではあったが、さらに見違えるほど大人になったと感じる。

それもこれも、片目を失うという大変な目に遭ったからだろうと察するのだが、詳しい事情はけっして明かそうとしない。

残った右目の目力は凄《すさ》まじく、さらに冷ややかにも感じる。

いったい、何を得て来たのか――。

手を替え品を替え、問いただしたところで、結果は同じだ。お付きの新次郎もまた頑固と来ている。

それに忠輝を介さまと呼び、信奉しているような物言いも気に入らない。

忠輝といえば、預け先の九鬼家とも何やら通じている気配がある。柳生の里の者に探らせてはいるが、一向に埒《らち》が明かない。

忠輝もろとも九鬼家を改易にしようと思っていたが、こちらにすり寄ってきていた堀之内も何の役にも立たぬうちに病死したという。

忠輝を伊勢に長らく留《とど》めても何も起きそうになかった。

次の一手を考えねば――。

宗矩はふーっと大きく息を吐いた。

二

元和《げんな》四（一六一八）年が明け、忠輝が伊勢に流されて、二度目の春が巡って来た。

その日、忠輝は美禰の元へ来る予定であった。

「共に還暦を迎えた月国をささやかに祝おう」

そう言い出したのは忠輝だったのに、約束の時間になっても姿を見せなかった。

「どうなさったのかしら」

美禰は何やら胸騒ぎがして不安だった。

「さぁ、もういらっしゃるであろうよ」

「そうですよ、もうじきいらっしゃいますよ」

月国もおつかも心配しているはずなのに、それをおくびにも出さない。

「……でも」

じりじりと待っていられず、美禰がその辺りまで見に行こうかと腰を上げたときだった。

忠輝が競兵衛と共に、姿をみせた。

「遅くなった。すまない」

「もうぉ、介さま」

と、怒りかけて、美禰はいつもと違う忠輝の様子に気付いた。

どこへ行っていたのか、正装しているのだ。

「ああ、これか……城にな、呼ばれておったのだ」

「お城に？」

「ああ」

「なんぞ、あったのですな」

と、月国が問いかけた。

「うむ。驚くなよ」

と、忠輝が前置きをした。

「まさか、流罪が赦《ゆる》されたとか」

と、おつかが先走った。

「すまぬな、おつかさん、残念ながらそうではない」

と、忠輝がすまなそうに謝った。

おつかは「申し訳ございません」と首をすくめ、月国が「要らぬことを言うな」と叱った。

「よいのだ。私もそうであってくれと思っていたのだが……」

忠輝は少し自嘲《じちょう》気味に笑ってからこう続けた。

「配流先が変わる」

「えっ……」

美禰は一瞬、何を忠輝が言ったのか、わからずにいた。

戸惑っているのを察したのか、忠輝はもう一度、こう告げた。

「つまり、伊勢から他所《よそ》へ行けという幕府からのお達しがあったのだ」

「どちらに」

と、月国が尋ねた。

「飛騨《ひだ》高山《たかやま》、金森《かねもり》家お預かりということのようだ」

「飛騨……それはどこになるのです」

　と、おつかが問いかけた。

「おつかさん、飛驒は飛驒だよ。そうだなぁ……」

　と、忠輝は競兵衛を見た。

「飛驒高山は名古屋のご城下から北へ二十五里ほど（約百キロ）でございますから、ここからなら、四十里ほど（約百六十キロ）離れることになりましょうか」

　と、競兵衛が答えた。

「そ、そんな遠くでございますか」

　と、おつかが目を丸くした。

「名古屋のご城下の北というと、山深き里ということですな」

　そう呟《つぶや》いた月国に忠輝は頷《うなず》いた。

「まぁ、そういうことになる。険しい山が多いところだ。それでな、どうしたものかと」

　と、忠輝は美禰に目をやった。

「どうしたものとは？」

　美禰は怪訝《けげん》な顔になった。

「私は山なら、慣れておりますよ」

あっさりと答えた美禰を見て、逆に忠輝は戸惑いを覚えたようだ。

「それはそうだろうが……ついて来るのか」

「それは私がついていくのはご迷惑ということですか」

「いや違う。そうではない、そうではないが……しかし」

「何をそんなに困っておいでなのか、ようわかりませぬ」

と、美禰は忠輝を軽く睨《にら》んだ。

「いや、だから、困るというのではなく迷うというか、その……」

何か言ってくれと忠輝は月国を見た。

「私も美禰と同じ気持ちにて。お困りになる必要も迷う必要もありませぬ。美禰は介どのと共に生きると決めた娘。どうぞお連れ下さい」

おつかもそうだと頷いた。

「だが、山深い里だ。お前たちには辛《つら》いのでは」

「いえいえ、私ならここに残りまする。私の打った刀が二人を守ってくれることでございましょう。もう私にできることはございません。……なぁ、おつか」

おつかは返事の前に、美禰をじっと見つめた。優しく柔らかな眼差《まなざ》しだが、その奥には別れを感じさせる切なさがあった。

涙が込み上げてきそうになるのを必死に抑えながら、美禰は頷いた。

おつかもそれを見て、微笑みながら頷いた。

「……どうぞ、美禰だけをお連れ下さい。この子ももう十八。私が教えることも何もございません」

「……よいのか、それで」

「はい」

と、美禰ははっきり答えた。

おつかがそっと涙を拭《ぬぐ》い、月国の目も潤んでいる。

「わかった。大切にする。必ず……我が身に代えても守ってみせる」

忠輝の言葉に、月国もおつかも深く頷いた。

「介さま、一つだけお願いがございます」

と、美禰は忠輝を見つめた。

「何だ」

「まだ、守っていただいていないお約束があります」

「約束……他にあったか」

「もうぉ、神宮のお詣《まい》り、ご一緒にしてくれるというお約束です」

「そうであった。行こう、みなで共に」

三

日を改めて、忠輝と美禰は伊勢神宮へ参拝した。もちろん、月国とおつか、競兵衛らも一緒である。

身を清め、新しい衣に袖《そで》を通し、作法通り参拝する。

その後、二人は月国らに見守られつつ、盃《さかずき》を交わした。

それが、二人のささやかな婚礼であった。

それから二人は伊勢二見浦《ふたみがうら》に向かった。

二見浦には、大注連縄《おおしめなわ》で固く結ばれた二つの岩がある。浜から見て左の大岩が男岩、右の小さい方の岩が女岩で、夫婦岩《めおと》と呼ぶ者もいる。

「これからもどんな苦難が待っているか、わからぬ。だが、この岩のごとく、我らは離れぬことを誓おう」

と、忠輝が美禰を抱き寄せた。

「はい……」

美禰もしっかりと忠輝の目を見て応《こた》えた。

「ほら、ご覧」

忠輝が指さす彼方《かなた》、海の向こうにひときわ大きな山が見える。

「あれが、霊峰富士だ。父上はあの山をこよなく愛しておられた」

「いつか、介さまと行ってみとうございます」

「ああ、行こう。いつか共に」

陽の光を受けて、海がキラキラと眩《まばゆ》いばかりの光を放っている。

忠輝と美禰は、共に生きる未来を思い描いて、互いを見つめ合っていた。

（第二巻）了

本書は書き下ろしです。
編集協力／小説工房シェルパ

わたしのお殿《との》さま

二、伊勢《いせ》に棲《す》む鬼《おに》

鷹《たか》井《い》伶《れい》

令和6年 7月25日　初版発行

発行者●山下直久

発行●株式会社KADOKAWA
〒102-8177　東京都千代田区富士見2-13-3
電話　0570-002-301（ナビダイヤル）

角川文庫 24249

印刷所●株式会社暁印刷
製本所●本間製本株式会社

表紙画●和田三造

ISBN 978-4-04-115151-8　C0193

◇◇◇

角川文庫発刊に際して

角川源義

第二次世界大戦の敗北は、軍事力の敗北であった以上に、私たちの若い文化力の敗退であった。私たちの文化が戦争に対して如何に無力であり、単なるあだ花に過ぎなかったかを、私たちは身を以て体験し痛感した。西洋近代文化の摂取にとって、明治以後八十年の歳月は決して短かすぎたとは言えない。にもかかわらず、近代文化の伝統を確立し、自由な批判と柔軟な良識に富む文化層として自らを形成することに私たちは失敗して来た。そしてこれは、各層への文化の普及滲透を任務とする出版人の責任でもあった。

一九四五年以来、私たちは再び振出しに戻り、第一歩から踏み出すことを余儀なくされた。これは大きな不幸ではあるが、反面、これまでの混沌・未熟・歪曲の中にあった我が国の文化に秩序と確たる基礎を齎らすためには絶好の機会でもある。角川書店は、このような祖国の文化的危機にあたり、微力をも顧みず再建の礎石たるべき抱負と決意とをもって出発したが、ここに創立以来の念願を果すべく角川文庫を発刊する。これまで刊行されたあらゆる全集叢書文庫類の長所と短所とを検討し、古今東西の不朽の典籍を、良心的編集のもとに、廉価に、そして書架にふさわしい美本として、多くのひとびとに提供しようとする。しかし私たちは徒らに百科全書的な知識のジレッタントを作ることを目的とせず、あくまで祖国の文化に秩序と再建への道を示し、この文庫を角川書店の栄ある事業として、今後永久に継続発展せしめ、学芸と教養との殿堂として大成せんことを期したい。多くの読書子の愛情ある忠言と支持とによって、この希望と抱負とを完遂せしめられんことを願う。

一九四九年五月三日

角川文庫ベストセラー

お江戸やすらぎ飯　鷹井伶

幼き頃に江戸の大火で両親とはぐれ、吉原で育てられた佐保には特殊な力があった。体の不調を当て、症状に効く食材を見出すのだ。やがて佐保は病人を救う料理人を目指す。美味しくて体にいいグルメ時代小説！

お江戸やすらぎ飯
芍薬役者　鷹井伶

人に足りない栄養を見抜く才能を生かし、料理人を目指して勉学を続ける佐保。芍薬の花のような美貌の人気役者・夢之丞を、佐保は料理で救えるか――？　美味しくて体にいいグルメ時代小説、第2弾！

お江戸やすらぎ飯
初恋　鷹井伶

人に足りない栄養を見抜く才能を活かし料理人を目指す佐保は、医学館で勉学に料理に奮闘する。美味しくて体にいいグルメ時代小説、第3弾！

おとめ長屋
女やもめに花が咲く　鷹井伶

尽くせば尽くすほど嫌われてしまう。男に追い出された千春は、ひとりで生きていくことを決意するが、住み込みで働いた店で夜這いをかけられる始末。そんな男運のなさを嘆く彼女に、女だけの長屋の誘いが――。

わたしのお殿さま　鷹井伶

山深い里で、男として厳しく育てられた刀匠の娘・美禰。彼女の前に現れたのは、類まれな才能を持っているがゆえに疎まれ、配流された孤高の殿・忠輝。やがて美禰は忠輝の側にいたいと望むようになるが――。

角川文庫ベストセラー

忘れ扇
髪ゆい猫字屋繁盛記
今井絵美子

日本橋北内神田の照降町の髪結床猫字屋。そこには仕舞た屋の住人や裏店に住む町人たちが日々集う。江戸の長屋に息づく情を、事件やサスペンスも交え情感豊かにうたいあげる書き下ろし時代文庫新シリーズ！

寒紅梅
髪ゆい猫字屋繁盛記
今井絵美子

恋する女に唆されて親分を手にかけ島送りになった黒岩のサブが、江戸に舞い戻ってきた——!? 喜びも哀しみもその身に引き受けて暮らす市井の人々のありようを描く大好評人情時代小説シリーズ、第二弾！

十六年待って
髪ゆい猫字屋繁盛記
今井絵美子

余命幾ばくもないおしんの心残りは、非業の死をとげた妹のひとり娘のこと。おたみはそんなおしんに心を寄せて、なけなしの形見を届ける役を買って出る。人と真摯に向き合う姿に胸熱くなる江戸人情時代小説！

望《もち》の夜《よ》
髪ゆい猫字屋繁盛記
今井絵美子

佐吉とおきぬの恋、鹿一と家族の和解、おたみに初孫誕生……めぐりゆく季節のなかで、猫字屋の面々にも、それぞれ人生の転機がいくつも訪れて……江戸の市井に息づく情を豊かに謳いあげる書き下ろし第四弾！

赤まんま
髪ゆい猫字屋繁盛記
今井絵美子

木戸番のおすえが面倒をみている三兄妹の末娘、まだ4歳のお梅が生死をさまよう病にかかり、照降町の面面は、ただ神に祈るばかり——。生きることの切なさ、ままならなさをまっすぐ見つめる人情時代小説第5弾。

角川文庫ベストセラー

霜しずく
髪ゆい猫字屋繁盛記
今井絵美子

放蕩者だったが改心し、雪駄作りにはげむ丑松が猫字屋に小豆を一俵差し入れる。しかし時を同じくして、汁粉屋の蔵に賊が入っていた。丑松を信じたい、と照降町の面々が苦悩する中、佐吉は本人から話を聞く。

紅い月
髪ゆい猫字屋繁盛記
今井絵美子

武士の身分を捨て、自身番の書役となった喜三次が、いよいよ魚竹に入ることになり……人生の岐路に立った喜三次の心中は？　江戸市井の悲喜こもごもを描き出す、シリーズ最高潮の第七巻！

残りの秋
髪ゆい猫字屋繁盛記
今井絵美子

身重のおよしが突然猫字屋に出戻ってきた。旦那の藤吉は店の金を持って失踪中。およしに惚れ込んでいたはずの藤吉がなぜ？　いつの世も変わらぬ人の情を哀歓と慈しみに満ちた筆で描きだすシリーズ最終巻！

雁渡り
照降町自身番書役日誌
今井絵美子

日本橋は照降町で自身番書役を務める喜三次が、理由あって武家を捨て町人として生きることを心に決めてから3年。市井に生きる庶民の人情や機微、暮らし向きを端正な筆致で描く、胸にしみる人情時代小説！

寒雀
照降町自身番書役日誌
今井絵美子

刀を捨て照降町の住人たちとまじわるうちに心が通じ合い、次第に町人の顔つきになってきた喜三次。そんな自分に好意を抱いてくれるおゆきに対して憎からず思うものの、過去の心の傷が二の足を踏ませて……。

角川文庫ベストセラー

虎落笛《もがりぶえ》
照降町自身番書役日誌
今井絵美子

市井の暮らしになじみながらも、武士の矜持を捨てきれず、心の距離に戸惑うこともある喜三次。悩みや問題を抱えながら、必死に毎日を生きようとする市井の人々の姿を描く胸うつ人情時代小説シリーズ第3弾！

夜半の春
照降町自身番書役日誌
今井絵美子

盗みで二人の女との生活を立てていた男が捕まり晒刑に。残された家族は……江戸の片隅でひっそりと生きる男と女、父と子たち……庶民の心の哀歓をやわらかな筆で描く、大人気時代小説シリーズ、第四巻！

雲雀野《ひばりの》
照降町自身番書役日誌
今井絵美子

武士の身分を捨て、町人として生きる喜三次のもとに、国もとの兄から文が届く。このままでは実家の生田家が取りつぶしに……千々に心乱れる喜三次は、十年ぶりに故郷に旅立つ。彼が下した決断とは——？

群青のとき
今井絵美子

幕府始まって以来の難局に立ち向かい、祖国のため、志高く生きた男・阿部正弘の人生をダイナミックに描き、文学史に残る力作と評論家からも絶賛された本格歴史時代小説！

葵の月
梶　よう子

徳川家治の嗣子である家基が、鷹狩りの途中、突如体調を崩して亡くなった。暗殺が囁かれるなか、側近の書院番士が失踪した。その許嫁、そして剣友だった男は、それぞれの思惑を秘め、書院番士を捜しはじめる——。

角川文庫ベストセラー

お茶壺道中　梶よう子

三年長屋　梶よう子

はなの味ごよみ　高田在子

はなの味ごよみ　願かけ鍋　高田在子

はなの味ごよみ　にぎり雛　高田在子

優れた味覚を持つ仁吉少年は、〈森山園〉で日本一の葉茶屋を目指して奉公に励んでいた。ある日、番頭の幸右衛門に命じられ上得意である阿部正外の屋敷を訪ねると、そこには思いがけない出会いが待っていた。

ゆえあって藩を致仕した左平次は、山伏町にある三年長屋の差配を勤めることに。河童を祀るこの長屋には3年暮らせば願いが叶うという噂があった。おせっかいの左平次は今日も住人トラブルに巻き込まれ……。

鎌倉で畑の手伝いをして暮らす「はな」。器量よしで働きものの彼女の元に、良太と名乗る男が転がり込んできた。なんでも旅で追い剝ぎにあったらしい。だが良太はある日、忽然と姿を消してしまう――。

鎌倉から失踪した夫を捜して江戸へやってきたはなは、一膳飯屋の「喜楽屋」で働くことになった。ある日、乾物屋の卯太郎が、店先に幽霊が出るという噂で困っているという相談を持ちかけてきたが――。

桃の節句の前日、はなの働く一膳飯屋「喜楽屋」に、降りしきる雨のなかやってきた左吉とおゆう。何か思い詰めたような2人は、「卵ふわふわ」を涙ながらに食べた後、礼を言いながら帰ったはずだったが……。

角川文庫ベストセラー

はなの味ごよみ
夢見酒

高田在子

はなの味ごよみ
七夕そうめん

高田在子

はなの味ごよみ
心ちぎり

高田在子

はなの味ごよみ
勇気ひとつ

高田在子

はなの味ごよみ
涙の雪見汁

高田在子

一膳飯屋「喜楽屋」で働くはなのところに、力士の雷衛門が飛び込んできた。相撲部屋で飼っていた猫の「もも」がいなくなったという。「もも」は皆に愛されており、なんとかしてほしいというのだが……。

はなの働く一膳飯屋「喜楽屋」に女将・おせいの恩人である根岸のご隠居が訪ねてきた。ご隠居は、友人の隠居宅を改築してくれた大工衆の丸仙を招待し、喜楽屋で労いたいというのだが……感動を呼ぶ時代小説。

はなの働く神田の一膳飯屋「喜楽屋」に、人形師の達平たちがやってきた。出羽からきたという達平は仲間たちと仕事のやり方で揉めているようだった。じっと堪える達平は、故郷の料理を食べたいというが……。

神田の一膳飯屋「喜楽屋」で働くはなの許に、ひとりの男が怒鳴り込んできた。男は、鎌倉の「縁切り寺」に逃げようとする女房を追ってきたという。弥一郎の機転で難を逃れたが、次々と厄介事が舞い込む。

はなを結城家の嫁として迎え入れるため、良太は駒場御薬園の採薬師に、はなを養女にしてもらえるよう働きかけていた。だが良太の父・弾正が、まとまりかけていたその話を断ってしまうのだった――。

角川文庫ベストセラー

はなの味ごよみ　蛍の約束
高田在子

神田の一膳飯屋「喜楽屋」で働くはなは、いよいよ武家の結城良太の家に嫁ぐため、花嫁修業に出向くことになった。駒場の伊澤家に良太とともに向かうはなだったが、心中は不安と期待に揺れていた——。

はなの味ごよみ　花笑み結び
高田在子

神田の一膳飯屋「喜楽屋」で働いていたはなは、武家の結城良太の家に嫁ぐため、伊澤家に養子入りを請い、修養することになった。だが、はなにはやはり捨てられないものがあった——。涙の完結巻。

味ごよみ、花だより
高田在子

小石川御薬園同心の岡田弥一郎は、ある日道端で苦しむ老爺と若い娘を助けた。名乗らず去ったものの、数日後、偶然小料理屋で、その時の娘・時枝と再会することに……この出会いは果たして運命なのか。

山流し、さればこそ
諸田玲子

寛政年間、数馬は同僚の奸計により、「山流し」と忌避される甲府勝手小普請へ転出を命じられる。甲府は城下の繁栄とは裏腹に武士の風紀は乱れ、数馬も盗賊騒ぎに巻き込まれる。逆境の生き方を問う時代長編。

めおと
諸田玲子

小藩の江戸詰め藩士、倉田家に突然現れた女。若き当主・勇之助の腹違いの妹だというが、妻の幸江は疑念を抱く。「江戸棲の女」他、男女・夫婦のかたちを描く全6編。人気作家の原点、オリジナル時代短編集。

角川文庫ベストセラー

青嵐　諸田玲子

最後の侠客・清水次郎長のもとに2人の松吉がいた。一の子分で森の石松こと三州の松吉と、相撲取り顔負けの巨体で豚松と呼ばれた三保の松吉。互いに認め合う2人に、幕末の苛烈な運命が待ち受けていた。

楠の実が熟すまで　諸田玲子

将軍家治の安永年間、京の禁裏での出費が異常に膨らみ、経費を負担する幕府は公家たちに不正があるのではないかと睨む。密命が下り、御徒目付の姪・利津が女隠密として下級公家のもとへ嫁ぐ。闘いが始まる！

梅もどき　諸田玲子

関ヶ原の戦いで徳川勢力に敗北した父を持ち、のちに家康の側室となり、寵臣に下賜されたお梅の方。数奇な運命に翻弄されながらも、戦国時代をしなやかに生きぬいた実在の女性の知られざる人生を描く感動作。

奸婦《かんぷ》にあらず　諸田玲子

その美貌と才能を武器に、忍びとして活躍する村山たかは、ある日、内情を探るために近づいた井伊直弼と思わぬ恋に落ちる。だが2人は、否応なく激動の時代に呑み込まれていく……第26回新田次郎文学賞受賞作！

女だてら　諸田玲子

文政11年、筑前国秋月藩の儒学者・原古処の娘みちは、秋月黒田家の嗣子の急死の報を受け、密命をおびて若い侍に姿を変えた。錯綜する思惑に陰謀、漢詩に隠された謎。彼女は変装術と機転を武器に危機に臨む。